Let Us Fall in Love

痴心见多了，就喜欢你

子望／著

CNS
湖南文艺出版社
HUNAN LITERATURE AND ART PUBLISHING HOUSE
博集天卷
CS-BOOKY

Let Us Fall in Love

自序

我不太会写自己的故事，但如果你想听，不妨听我给你讲讲其他的事。

我希望，在你对世界的希望瘪得不像话的时候，这里的其中一篇可以再次让你饱和起来。20多年，回过头想，什么都没记住，开心被难过冲淡了，难过被时间冲淡了，在深夜里偶尔思念的，也只是家乡和母亲。我时常想，这样最好不过了，体验旁人的温暖，收集起来的世界，也未必不能是金光灿灿的。你们看到的我，不是一向如此吗？没有压抑消极的情绪，没有躁动不安的感情，安安稳稳地替这个世界，把收集到的好的与温柔的，一一反馈给你们。

生活总是让我们向上，却从来没有人教我们如何在举步维艰的时候依旧保持积极。于是我们学会在外界身上找到支撑我们的平衡，靠着一句话、一个信念走到现在，我为那些找到与世界和平共处方式的人而开心，也希望那些还在游走的人可以在这里找到一个支撑点。

这本书谈不及文采，也谈不及精彩，抛下所有俗气又沉重的表达，流水般的静静述给你听。当你的思绪游荡在凌晨找不到宣泄口的时候，那就拿起它，读吧。

子望

Let Us Fall in Love

目录
contents

痴心见多了，就喜欢你

Let Us Fall in Love

痴心见多了，

Let Us Fall in Love 就喜欢你

Let Us Fall in Love

友谊万岁

一

见过山水，饮过风声，挥洒过爱情，但最欣慰的是，这么多年过去，我仍可以肆无忌惮地穿过大雨去找你。嘿！一切别来无恙？

认识琦琦的五年里，我哭过三次。

第一次。我站在阴天里，刚拔完牙，痛得蹲在路边打电话给她，嘴里含着棉花说话含含糊糊、支支吾吾的，突然就哭了，我说：“琦琦，疼死我了，疼。我流了好多血呀，琦琦。”她跟着哭出来：“牙医怎么这么坏呀……你别哭，哎呀，我也疼。你在哪儿呢？我去接你，牙医怎么这么坏呀……咱以后不找他了，别哭。”

第二次。我在宿舍大哭了三天三夜，哭得天崩地裂，哭得我都断片了，导致我现在都想不起来为什么哭，哭累了就晕过去了。醒来后第一眼就看见她，小小的，扒着我上铺的床沿，眼睛通红地看着我。我呆呆地说："好想吃食堂的酱爆鸭片和卤味大鸡腿呀……"她就屁颠屁颠地跑出去买了。

那三天，她不知道我为什么哭，却一直跟着我哭。

第三次。第三次那什么……咳……因为我昨天买的肘子掉到地上了。

前几天，我第一天只吃了碗泡面，第二天吃了个面包，第三天没吃饭，我躺在沙发上开始思考人生："我要吃肉！我要吃肘子！"广州被称为美食之都，我要是在这儿饿死了，让人知道岂不是要笑掉大牙吗？

我跑到附近最好吃的餐厅，说："快快快，给我上个大肘子。"

肘子刚上，一个阿姨看着我："你一个人吃饭哪，这么大一份能吃完吗？"我看了看周围，确实三五成群一大桌，双双对对一小桌地坐着。我和琦琦说："我觉得全广州就我一个人天天自己吃饭。"她马上发了个视频请求给我，我拒绝了她："没 Wi-Fi。"她又马上打给我，说："我陪着你。”我看着外面排队等位的人，觉得一个人不应该占这么大桌，说：“老板，打包。”

我边走边看着天，“广州的星星今天很亮，你那边有星星吗？这几天总是下雨，肚子会一直痛，哎哟！！”

摔了个大跤，地上的碎石子把皮割出血来，顺着腿往下流，我看着地上散落的打包盒，“哇”的一声就哭了，琦琦问：“是不是摔着了？是不是流血了？你一个人在外地怎么总是这么不小心哪！”说着开始哽咽。

我哭不是因为我摔疼了，是因为那肥嫩肥嫩的大肘子掉到地上了。但我没好意思告诉她。

这世上我笑别人也跟着笑的人很多，但我哭别人也跟着哭的人不多。

她算一个。

二

以前上学那会儿，一个人有什么吃的，都分成几份给大家吃，琦琦有大个苹果，也不划痕，就这么徒手轻而易举地掰开，“啪！”脆生生的，我说，靠，你练过呀。她说，小时候在地里弯着腰插秧干活一干就是一下午，臂力大。后来无数次我们在澡堂洗澡，我看着她后背的倒三角，心想，还真是。

后来我们加入了学校的羽毛球社，我俩一打起球来就爆炸欢脱，一节课下来有六个球都被我们打到了旁边的小平房上，够不下来，琦琦还打坏人家一个羽毛球拍，咳……我打坏俩。

社长把我们赶出来，说："你俩太费钱了！"

后来我俩报了足球队，我跑起来像脱了缰一样，爆炸欢脱，琦琦在后面单纯朴实地笑着看着我说："望儿，你跑起来真好看，像疯狗一样。"

我躺在草地上问她："琦琦，你觉得幸福是什么？"

她说："幸福就是上早自习，上课，下课，吃饭。"

我说："上课你都觉得幸福，你变态呀？"

她仰着白白净净的小脸，说："因为都是和你一起呀。"她又问："以后我们老了你还会和我一起吃饭吗？"

我说会的，一直会的。

我坐在床上看电影，琦琦就扒着床沿，可怜巴巴地看着我，想要上来一起看。我说你洗干净再上来，然后她就屁颠屁颠地去洗香香，和我一起躺在床上看电影。我看着她白白嫩嫩的像个大肉虫子一样躺在那里，突然想到食堂的白切鸡，把她喊起来，别看了，我们去吃饭吧。

上大学那时候吃饭，我俩一块钱一份米饭，六七块钱一个菜，俩人加一起也不到十块钱。吃饭时她总是把肉挑出来夹给我吃，她说你太瘦了，多吃点。一碗汤被她分得，我这里永远是满满的鸡蛋，她那里永远是清汤寡水。

有一次我在宿舍热得睡不着觉，琦琦就打来一大桶水，在地上淋水，擦干，开风扇，淋水，擦干……来来回回拖了六遍地，竟然擦出了空调房的温度，她大汗淋漓地仰着小脸看着我笑："现在不热了，你可以舒服地睡觉了。"

我翻过身，鼻头酸酸的，心想，这么好的白菜以后可别让猪拱了。

后来琦琦嫁了个好猪。

三

琦琦一直单纯朴实，爱情也是。毕业后实习，谈了个恋爱，是初恋，半年左右就领了证，办了婚礼。

打她开始恋爱那一天，我就开始买婴儿用品，她羞红着脸说：“你也太急了吧。”我说：“你什么时候生宝宝啊，小宝宝的东西太可爱了！”

她说：“早着呢。”

后来没多久她就告诉我她有了。

我开心哪，然后开始更加疯狂地买婴儿用品。

有一天下午，我午觉梦到她，梦到那年冬天我爆炸欢脱地在她家的乡下地里奔跑。琦琦站在我身后，看我深一脚浅一脚地追逐着牧羊人身后那一串羊屎。她站在那里，穿着蓝色羽绒服，我回头看她，一望无际的田，她露出白白净净的小脸，单纯朴实地笑：“望儿，你跑起来真好看，像疯狗一样。”

梦醒之后我告诉她：“琦琦，我想你了。”

她说：“等我生完孩子去找你。”

我说：“不用，我已经买了去你家的火车票。”

在她家那几天，我总是抱着她的肚子说话，贴在肚皮上听里面的声音：“宝宝，你好，你喜欢粉色还是蓝色呀？婴儿床想要什么样子的？”

有时小宝宝在里面动得厉害，我就提高声音："瓜娃子！你干吗？别把你妈踢坏了！"

琦琦孕期学会很多菜，能想到的她都会做，我大鱼大肉吃了好几天，欢脱得要死。临走的那天，她蹲在地上剥花生，说是要做花生糖给我带着。我说你一个待产孕妇，怎么说蹲就蹲哪？！活都给我干行不行？她说不用，她自己一步一步给我做出来的东西才好吃。我看着她有些臃肿的身材，倒三角都变成大筒子了，眼睛直发酸，我过去坐在地上，花生皮沾了一屁股。

我看着她说："琦琦，你想去什么地方，我带你去，你在家里太久了，会不会闷，或者你想吃什么！我去给你买。"

琦琦眼睛里闪着星星，说："还真有，我想吃小蛋糕，好久没吃过蛋糕了，那年过生日你给我买的那种。"

那年她过生日，我俩吃了一顿麻辣香锅，还在一个路边小店买了一块小蛋糕，加起来一共才几十块钱。现在我跑出去，跑遍大半个城市，我要给她买最好最贵的蛋糕。

我走的时候拖了地，刷了碗，叠好她的衣服，能干的活都干了一遍，我看着她挺着肚子在门口送我，心想，救苦救难的观世音菩萨，帮我保佑她，别让她太辛苦了。

后来预产期过了一周，小家伙还不出来，我急得要死，又帮不上忙，就天天吃素，晚上睡不着就念阿弥陀佛，要是在外与人起了争端也骂不还口。原来担心一个人会这么小心翼翼。

催产针打了两天孩子还不出来，后来剖宫产生的，她发宝宝照片给我，我说："他小胳膊小腿怎么胖成一节一节的，像莲藕一样？"她听着咯咯笑："哎哟……哎哟……我不能笑，肚子上的伤口疼得要死……疼……"她疼得直倒吸凉气。

我心想，医生怎么这么坏呀，欺负我的琦琦，菩萨你怎么骗我呢？琦琦说她肚子痛，我心里跟着疼啊。"你别哭，我去找你。"放下电话我心疼得眼泪滴答滴答往下掉。

我想起那天，我站在阴天里，刚拔完牙疼得直哭，打给她，她也跟着哭："牙医怎么这么坏呀！你别哭，哎呀，我也疼，你在哪儿呢？我去接你。"

原来她当时是这么心疼我的。

四

现在孩子快一岁了，她每天发点宝宝视频给我，小胳膊小腿还是一节一节的，像莲藕一样。她的手机屏保是宝宝，主屏幕是我，她的天气预报一个是自己家乡，一个是我这里。

我开心的事告诉家里，告诉她；不开心的事，对他们只字不提。

我很久不哭了，因为我总是想，这个世界上有那么几个人看到你眼眶红了，她就心疼得滴答滴答落泪，我想到这些，总是觉得其他都无所谓，我为什么要为不爱我的人掉眼泪呀，门儿都没有。

这个夏天总是下雨，我淋多少次都没有关系，因为在远方，总是有个人为我撑着伞。雨停不停也没有关系，只要她那里，是晴天就好。

我突然想起那时问她："琦琦，你觉得幸福是什么？"

她说："幸福就是上早自习，上课，下课，吃饭。"

我说："上课你都觉得幸福，你变态呀？"

她仰着白白净净的小脸，说："因为都是和你一起呀。"她又问：

“以后我们老了你还会和我一起吃饭吗？”

我说会的。

一直会的。

友谊万岁！

她

就在刚才，我们刚刚分离，我总是在车上坐很久以后一回头还能看到她站在原地大力地挥着手，甚至过了一两个路口，她那个小小的身影依旧欢脱地挥着手。于是我刚刚也想效仿她那种仿佛儿时的活泼状态，在她上车的时候我在后面朝她挥手，她从后车窗见了很开心地呼应，于是过了一个路口我仍看到她那双不停摆动的小白手，我只是静静地看着。

我很喜欢她。

因为我哭的时候她也会跟着掉眼泪，我甚至不知道这是为什么，她朴实、善良，有些品质是城市中的一些人永远不会有的。她总是给我讲乡下的故事，我最喜欢她的单纯，却什么事都懂。

有时候我是不能自己一个人去所有地方而不感到孤单的。我亲切地叫她牛、熊，甚至牲口，那些力气大的动物。因为她在我面前徒手捏核桃的经过是我有她这个朋友最引以为豪的地方。她给我讲在地里插秧的事，给我讲井里的水有多甜，还有开学又要交学费的时候，爸爸又卖了两头猪。我在心里算，两头猪就能抵一年的学费，这不由得抬高了猪在我心里的价值。

我搬了新房子，她在家里挖了花生排队坐车送给我，告诉我如果吃不完，剩下的要晒干放起来。后来我在盯了不知道多久鱼缸里的鱼之后闻到了锅的煳味，花生没吃到，但我发信息撒谎告诉她花生很好吃。

再后来她暑假的时候去一个电子厂打工，回来的时候身上感染真菌全身发痒，不久这种症状也传染到我的全身，那种含有硫黄的药抹在我的身上使我觉得皮肤灼烧。她们说可惜了我的好皮肤，我看到她眼底的自责，便跟她讲我的愿望是可以以后有时间去山上栽花种树，种漫山遍野的合欢树，母亲喜欢的合欢树。我说之前的皮肤是不适合去干粗活的，现在正好适合了。

我不习惯别人盯着我看，有几天早晨或者午睡，我睁开眼总是能对上她的眼睛，她不想吵我，总是默默地等我醒来。她过生日那天说想吃麻辣香锅，我们两个人只花了 70 多块，她说很开心，后来我觉得少了点什么，于是订了个蛋糕给她，她许了个愿就哭了。我告诉她那个蛋糕廉价得不值一滴眼泪的钱，还告诉她以后不要再对着蛋糕许愿了，那些奶油除了会让她发胖以外听不懂她想要什么。

她说她只想以后一切都顺利，希望我一切都好。

后来她一切顺利，毕业、恋爱、结婚、生孩子。

那时她孕期学会烧很多菜，厨房里我煲的鸡汤让我想起很久以前那花生的煳味，我想告诉她我没有吃到世界上最好吃的花生，我想问她以后还可不可以送给我吃。

我想，很久以后，当我再和她回家去看那片棉花地的时候。

她的孩子已经会在身边甜甜地叫她妈妈了。

感谢上天给她最好的。

春风秋雨与过往

夏不夏，秋不秋，山不朽，水长流。

尽一说："子望，陪我淋完这场大雨再走吧。"我说："好，此后的春风秋雨由这一分钟开始计算。"

一

有首歌这么唱的："为你我用了半年的积蓄，漂洋过海地来看你。"说的就是尽一。

尽一辞掉了她的第一份工作，拿着所有的积蓄去看在日本留学的周然，对这种奋不顾身蓄谋已久的冲动，年轻人有自己的说辞，叫："为了爱情”。

尽一给人的印象就是爆炸美丽，爆炸冷静，爆炸知书达理，可自从和周然在一起，尽一心性大变，成魔成疯，如痴如狂，爆炸黏人，爆炸滋润。

说真的，在见到周然之前，我真的不知道男孩子可以不爱干净到这种地步，周然的袜子脱下来，绝对可以直接立在地上，100 块钱我不敢赌，20 块钱还是可以的。这样的两个人怎么认识的我不知道，怎么相爱的更是让我觉得神奇。

对此，我很委婉而又礼貌地问过她：“你脑袋是不是让屁崩了？”

周然遇见尽一之后，被她改造得麻雀变凤凰，蚯蚓变龙王，蓬头垢面变利落男神的样子大家是有目共睹的，后来我每次见周然都怀疑他是不是斥了巨资引用国外先进技术换了头。

对此，我也很沉着冷静地问过她：“你就是传说中的巴拉拉小魔仙，对吧？！”

我 20 岁生日时，几个朋友发来贺电，身边陪伴的却只有周然和尽一这一对，他俩对望的时候，烛火映得他们眼睛里都亮晶晶的，我感受到暴击，胡乱许了个愿就吹灭了蜡烛，周然问我：“欸，你许的什么愿哪？”

我说：“希望你喜当爹。”

周然随手拿起来个东西砸我："去你妹的！"我迅速躲了过去。

尽一笑得前仰后合："喜当爹可不是这么用的呀！"

周然跳过来追着我打："乌鸦嘴！乌鸦嘴！"

我吓得躲进男厕所："说错了！说错了！你们什么时候结婚哪，我是希望你们快点当爹妈，少隔三岔五地来我面前卿卿我我。"

尽一说："子望你快出来，他也能进男厕所，你要躲进女厕所才对呀！"

不知道怎么，尽一每次一笑，我就觉得那时的日子真好，是真的好。

二

2012年初春，我过长崎，打给尽一。

我："约不约呀，我想看富士山。"

尽一："富士山远着呢。"

我："哦，那我们见一面吧。"

尽一："下次吧，我在周然这儿。"

2013年夏，我在东京，打给尽一。

我："约不约呀，我想看富士山。"

尽一："不约，我在周然这儿。"

我："天天见不嫌烦哪？给我匀一天行不行，我不要钱还包吃包睡。"

尽一："下次吧，我想多陪陪他。"

2014 年冬，周然生日之后，我在东京，打给尽一。

无人接听。

尽一买了对戒，想在周然生日那天送给他，我取笑她："你就差开口求婚了。"

尽一说："谁说都一样的，我没在意这些。以后我们有家了，养他喜欢的狗，他喜欢那种大大的，我会尽量不怕，他送的玫瑰我会好好摆满我的房间。"

他没说娶你，你却句句都是我愿意，你是不是傻？

我说："可你喜欢太阳菊。"

尽一说："他送的我都喜欢。"

她又说："最近他好像心情不好，好久都不和我好好聊天了，我们是不是到瓶颈期了？"

我嘴里的泡泡糖吹得越来越大，然后擦过鼻尖爆开："不知道，你还能强烈地感受到他的爱吗？"

尽一没说话。

不知道爱情是不是也像泡泡糖一样，爱得太满承受不住到极限时，也会“砰”一下爆开，那些甜蜜的、美好的、青涩的、懵懂的回忆，在要走到最后一刻时全都飘散在风中。

周然生日那天，回给了尽一一个特别的生日礼物。

他说，我们到此为止吧。

尽一停在嘴边的话都冷了，阳光打在她脸上，感到那天的天气特别好，好得跟世界末日似的。

那对戒指还躺在她的包包里没见到天日，尽一低着头，想再说点什么，眼里却只看到他袖口的扣子松了，她红着眼，半天挤出一句：“我再帮你补补吧。”

周然和另外一个留学生一见钟情，一面之缘，迅速升温，恬不知耻地碰撞出一系列爱的火花。小心翼翼脚踏两只船维持小半年都没舍得弄翻其中一只，直到生日前夕，女方送给他一个双杠验孕棒，他才终于被这份见不得人的爱情打翻了理智，五分钟做出重大决定，和尽一分手，回国后马上和那个女生办婚礼。

我突然想起20岁生日那天，我吹灭了蜡烛，周然问我："欸，你许的什么愿哪？"

我说："希望你喜当爹。"

周然暴怒："去你妹的！"

尽一笑得前仰后合："喜当爹可不是这么用的呀！"

周然追着我打："乌鸦嘴！乌鸦嘴！"

我吓得躲进男厕所："说错了！说错了！你们什么时候结婚哪，我是希望你们快点当爹妈，少隔三岔五地来我面前卿卿我我。"

尽一说："子望你快出来，他也能进男厕所，你要躲进女厕所才对呀！"

周然确实要娶那个让他当爹的女人，我这个乌鸦嘴。

刚分手时，我问过尽一："尽一，如果他回来找你，你会接受吗？"

"会。"尽一想也没想地答道。

"你别这么快回答，好好想想。"

"嗯……我想想……"

"还是会……"尽一认真想了想再答。

我们年轻时好像是有那么一个人，无论他对你做过什么事，哪怕把你的心剜了去，只要他肯回来，你就肯原谅他。我们那时，心里都至少有那么一个人，为了他，什么都不要了，尊严也不要了。无价的东西都是免费的，拥抱是免费的，笑是免费的，有情人的深吻是免费的，所以当我无偿地爱了你那么多年，在你心里是廉价的，我是你想都不想就可以抛弃的人。

周然在生日当天在朋友圈发出那张和新欢的合照："谢谢你，老婆，我最好的生日礼物。"

我在 7-11 吃着关东煮，气得连任督二脉都打开了，连最贵的鸡柳都打翻了，心里骂骂咧咧，还能不能再快点了？尽一和他在一起这些年，他都没叫过老婆。我迅速屏蔽了他，看着恶心。

对面过来个男人坐在我旁边，看我手忙脚乱地收拾打翻了的关东煮："嘿！你相信一见钟情吗？"

我头也没抬，面沉如水："滚犊子！"

翻出尽一的微信，头像全黑，朋友圈清空。

几天后，我陪尽一起去周然那里收拾东西，我知道她完全不需要那些乱七八糟零零碎碎的东西，再去，只不过是想听对方对这份感情好好地说再见。尽一跪在地板上，叠好的衣物、周然送她的小耳坠、她给他织到一半的围巾、他们第一次约会的电影票，都被她小心翼翼地放在箱

子里。阳光打在她小小的身躯上，地板上被拉得长长的影子被周然踩在脚下。周然立在门口，一句话不说。尽一拎着大大的箱子，一整箱回忆重得她摇摇欲坠。

她鼓起勇气抬头对上他的眼睛，说："我走了，你好好的，以后……别让我知道你过得不好，别辜负我成全你好好生活。"

他说："知道了，那……还是朋友吧？"

尽一脸上闪过失望，勉强挤出一丝微笑，顿了顿说："好。"

那天的她不知道为什么那么坚强，眼泪忍着一直没掉。

去你大爷的一笑泯恩仇，我就是要恨你恨到天荒地老。

还爱着，怎么可以若无其事地做朋友？你坦然和我做朋友，果然是一点都不爱了，到底还是你厉害。有句话不是说，爱的反面不是恨，是冷漠。

走出周然那里，尽一说："他心里一点都没有我了，可我还在想，他这些日子有没有好好吃饭，那个女人对他好不好。"她仰面看着外面的瓢泼大雨说："子望，陪我淋完这场大雨再走吧。"

我说："好，此后的春风秋雨由这一分钟开始计算。"

我拥着尽一一起跑进那场大雨，不知道方向在哪儿，但肯定不是返回。

有些事情这辈子都无法盼着回到本来，就像破镜不能重圆，千里无法婵娟。只要坦然承认：它结束了。可能这样，一切就都会好一点。

尽一在雨停之前，接受了几年的感情却这样结束的现实，那天的雨不只是她，也是我迄今为止淋过的最大的雨。

后来尽一经历了好几次突如其来的大病才慢慢好起来，其间我给她端屎送饭。（注：屎和饭是两样东西。）

我实在不明白失个恋就伤心到生活都不能自理的人。

记得有一天晚上尽一说："子望，你有没有听过那句话，'拥有的都是侥幸，失去的都是人生'，很多事情不如没有开始，很多人也不如不爱。想想当初的那份深情更像是胡闹，想他了就不惜一切辞了职，拿了存款去见他，我被他爱吃的意面油溅了那么多次终于做出最好吃的肉酱，我对自己做过很多不负责任的事，这么疯狂地爱过一个人，我以后对第二个人再也闹不起来了……"

她说："子望，我很羡慕你，你失恋的时候手机就那么放在一边，管他噼里啪啦怎么响就是能忍住不看也不接，端着冰淇淋坐在阳台上喝着风大口大口地挖着吃。日子被安排得满满的，自己背着个弓从这个馆射到那个馆，自己坐在电影院看了一场又一场，自己好好吃饭，自己按时睡觉。我很羡慕你，什么都不挂在脸上。"

我说："那当然，我最酷，离我而去的人我就要把他忘掉。"但我没有告诉她，我失恋的时候手机没有噼里啪啦地响过，我也很想，却没人找我。

她说："不，我羡慕你的是，一个人走了，你就继续等你爱的人来，剪短的头发可以扎起高高的马尾了，家里的猫都下了一窝小崽了，你还永远都是那一副理直气壮的面孔：'对的人还没来就接着等呗，走的人走了就走了，我又不会死。'你爱一个人，就算他走了，你也能觉得世界就是这样，好的还是会来的。"

人家要走，我能有什么办法，坦然接受，其实更多的是无能为力。

爱情里，爱得越多，付出越多，被辜负就越多，伤心就越多，这是不变的定律。但尽一也是个不哭不闹的人，委屈都咽到肚子里，低迷几天，消失几天，再见到时又痊愈成那个爆炸美丽、爆炸温柔、爆炸岁月静好的样子，这时我就会跳着脚地欢呼："哇！尽一是无敌铁金刚啊！"就像第一次见到时的那样，她向来如此。

以前她失恋时，有一次我问她，你消失那几天都干什么呀？难不成把自己关在家里大哭个三天三夜，不睡不喝不吃放任自流吗？书上不是这么写的吗：触底反弹。悲伤到极端搞不好就好了呢。

她笑笑，怎么可能……

前几天是特别难过的，睡不着也吃不下饭，提不起兴趣做什么事，有时喝着水都会突然掉下眼泪来。后来呀我想，既然睡不着觉那就列计划吧，以前有那么多想做的事不是没来得及做吗，还有想学的东西，钢琴啊，游泳啊，很多很多，然后我转天就会按照计划去做，虽然也会提不起兴趣，但是我知道方向是好的。出去的时候会分散注意力，会发现很多平常没有体会过的心情，会让我知道，难过的时候，外面的地球还是照样转得这么好，我一点点忙碌起来、开心起来，因为我知道我不能消沉太久，我不能……自己也不管自己呀！

说实话，我就是因为她这点才这么喜欢她的。

我以为这次她也会像往常一样过些时候又依旧踏着阳光出来，脸上看不到发生过任何事情的痕迹，但这次她没有。

三

一个多月之后，再见到尽一，她依旧满脸憔悴，第一句话就是："我们去蹦极好不好？"

好个屁。

我头摇得像拨浪鼓，说："不行，我还小，我还年幼，我才刚发育呢，我心脏不好。”

尽一说：“我想去，你不是说，我们只有一次活过的机会，所以想到什么就应该去做吗？有些事存在的意义就是在恰当的时候去实现它吗？”

我全身摆动否认：“那哪是我说的呀，我放屁呢！你别当回事呀！”

我恨不得为自己说过的话抽自己俩嘴巴。

我说：“尽一你难受就哭吧，要不然咱们去骂那个王八蛋一顿，你别做这些极端的事。”

尽一说：“不是什么极端的事，再说，骂他什么呢？骂他不该和别人结婚吗，还是骂老天没让我们走到最后呢？他说一见钟情的感觉我不会理解，也不奢望我理解，我们都是有血有肉的年轻人，遇到喜欢的人，胸口的那颗心脏是会炙热地跳动的，他说，这就是缘分。人家缘分到了，谁都没办法呀！我也没办法呀，只能让，不然我能怎么办呢，人家肚子里的孩子是没有错的，我也很委屈。可是我能怎么办呢？”

尽一说：“他做的每件事都流经我的年轮，他看我的第一眼，叫我的每一声名字、第一次说爱我，他花了几秒做的事，我却要花一辈子忘记。”

我鼻子一酸：“别说了，走，我陪你去跳。”

我俩并排站在高高的跳台上，往下瞄一眼，吓得都要尿裤子了，我感觉小时候去招惹大鹅被追得满街狠咬都没现在这么后悔过。

我吓得声音都喊劈了："周然你个王八蛋！我要是有什么意外，就叫人把你卖到泰国当人妖！让你永世当不了爹！妈呀！我想回家看电视呀，尽一，我们回家看徒手撕鬼子好不好？好不好哇？？"

我回头冲教练大喊："我们不跳了，钱不要了，放我们下来！我有心脏病，跳下去要是有什么意外我就天天来你们这儿闹鬼！"

教练无奈地过来给我松绑，我以最快的速度卸了装备，尽一站在高处迟迟不动，她说："不行，子望，我必须跳，今天就算死了我也要跳。"

我也不知道她那天为什么会那么执着，几年后问她时，她说和自己打了一个赌，如果敢跳，老天就会怜悯她，让她尽快忘掉这一切。

那天她说完红了眼，纵身一跃。

我一下子吓傻了，撕心裂肺地喊她，哭得鼻涕眼泪一脸，瘫坐在那里，他们都愣愣地看着我，我缓过神来，这是蹦极，不是跳楼，我都忘了，我哭个大爷！

我听到教练喊她："欸！你不是有病吗？"

尽一的声音越来越小："我没病，有病的是她——她——她——"

晚上在餐厅，尽一小声问我："子望，跳下去一瞬间失重的感觉我真的很怕，你知不知道我听到了什么？"

我摇头。我不记得除了我鬼吼鬼叫之外还有什么大动静。

“我听到周然叫我的名字，全名。”

我低着头，想起之前周然说这辈子唯一一次叫尽一全名一定要郑重其事的，那就是在他们的婚礼上，他会问她：“方尽一，你愿意嫁给我吗？”我想起这些，眼泪差点掉进罗宋汤里。

尽一垂着眼，说：“子望，你知不知道我消失的那段时间去了哪里？我回了趟家，一进家门眼泪就掉下来了，我妈拉着我说，孩子，你这颗扣子松了，妈给你缝缝。妈妈多爱我呀，妈妈老了呀！我在家里每天都能感受到被人爱着，后来我想开了，爱什么人，不是我们一开始自己选择的吗？我想爱他，我做了当时我喜欢做的事，怪不得别人，也不必自责。”

她说：“我在错误的时间，用力地爱过他，没什么遗憾的，我走过这段路，回头看时灯火辉煌，不管前面是无尽黑暗还是一片白茫，都没有必要后悔，这样想，我就会好过一点。”

周然新女友不知道从哪儿弄到尽一的号码，给她发了整整两页篇幅，诗词歌赋引用一大堆，假装读过不少书，但在我眼里全是废话。我就问你们，用半文言文写给现任的前任，作不作？你咋不在龟壳上写点甲骨文寄过来。

我用我自己的话概括一下就是：

“我也是女神级别的，我肚子里有个宝宝，要得到你的祝福才能开心，当然，你有时间的话，（带着大红包）来参加我们的婚礼就更好啦！我们一见钟情，是真爱，真爱是值得赞扬的，希望你祝福我们（这样别人才不会说三道四的）。”

我门牙都笑掉了好吗？！

我呸你大爷的一见钟情，不要脸。

这个世界什么时候变了，长长久久、生生不息的不一定是爱情，可为什么出轨的、劈腿的、打着一见钟情的名义的，就一定是爱情，还真爱，我呸！爱情有很多种，不是每一种都值得歌颂。

尽一说：“怎么回？你嘴巴毒，她怀着孕呢，你不要气到她，不太好。”

我真羡慕这些以真爱之名做尽伤天害理之事的人，被爱冲昏的脑袋连良知都不要了，不知道作为人类是没进化好还是怎么。

我瞥她一眼：“我嘴巴怎么毒了？”

对这种人，懒得多说，我在邮件上简单回复八个字，发送。

“卿本佳人，奈何为贼？”

那边被堵得哑口无言。我管你是什么妖魔鬼怪，别来欺负我的尽一。

四

2015年秋，周然在孩子出生一个月后举办了婚礼，我们这几个朋友谁都没去，可是尽一去了。

她在签到处放了一个很大的红包，差不多有我那时半年工资那么多。

人家问她叫什么名字时，她淡淡说了句："他的一个朋友。"转头就走了。我骂她怎么这么傻，既然都去了，要是我，光是菜就要吃他个从早到晚，他对不起她，她还拿这么多钱给他。

我直戳尽一的脑袋："散财童子呀你！"

尽一说："他刚结婚，好多地方用得到钱的，孩子也是。作为朋友，能帮一点是一点吧。"

我气得任督二脉又都开了。

尽一看着远方："算了，都过去了。"

2014年冬，他们分手后，尽一去周然那里收拾行李，叠好的衣物、周然送她的小耳坠、她给他织到一半的围巾、他们第一次约会的电影票，都被她小心翼翼地放在箱子里。阳光打在她小小的身躯上，地板上被拉得长长的影子被周然踩在脚下。周然立在门口，一句话不说。尽一拎着大大的箱子，一整箱回忆重得她摇摇欲坠。

她鼓起勇气抬头对上他的眼睛，说："我走了，你好好的，以后……别让我知道你过得不好，别辜负我成全你好好生活。"

他说："知道了，那……还是朋友吧？"

尽一脸上闪过失望，勉强挤出一丝微笑，顿了顿说："好。"

那天的她不知道为什么那么坚强，忍着眼泪一直没掉。尽一说："子望，陪我淋完这场大雨再走吧。"我说："好，此后的春风秋雨由这一分钟开始计算。"

"别让我知道你过得不好，别辜负我成全你好好生活。"

那个她努力爱过的人，最终也如她的愿，乖乖做她的朋友。

落霞抹在脸上，风雨埋在心里

知道吗，有一天你们回头，看从前的那些爱恨情仇，其实，屁都不是。人生这一路有迤逦不断的青山，还有，更爱你的人。

一

尽一后来爱上的人，叫陈峥，也是她最爱的人。

陈峥就像一抹夕阳红，把处于世界无爱论的尽一从边缘给拽了回来。

年轻嘛，血是烫的，眼神是清澈的，只要心脏还在跳动，总会遇到爱的。

他是我见过第一个用英文名字介绍自己的人，当时觉得他特别高大上，穿一身正装，端着香槟在一个晚宴上，又高又帅，整个人 bling bling 的。后来才知道他这个人特别不正经。

当时我不服输，介绍自己时也想用高大上的英文名，随便起了一个，他笑了一下，我问："你笑什么？"

他说："没什么，你名字听起来像某种廉价的地摊品牌。"

我忍着气回应他："你名字也蛮好的，像夜店里的牛郎。"

陈峥对外沉着冷静，话不多，工作时认真又专注，不管外面热到核武器爆炸还是地球融化，他永远一身干净的白衬衣西裤，一脸严肃地坐在办公室空调房里等着小助理羞答答地跑进来给他送各种文案资料。他事业心很重，也上进，家里有个很大的厂子，但他不想吃父母拼下来的事业，一步一步从零做到现在。我们见过他对工作的严谨，也见过他的沉着，当我们因为丢了 200 块钱叽哇怪叫的时候，他项目亏损几百万脸上一点表情都没有，他说做生意就是这样，这点小事都想不开肯定做不了大事的。

Excuse me？几百万？小事？说实在的，我很佩服他拿得起放得下，他在我眼里爆炸酷屌炸天 No.1。亏损之后家里都揭不开锅了，天天找我们蹭吃蹭喝时，他依然穿着白白的衬衫、笔挺的西裤。没日没夜地拼命之后，东山再起，他又有了大把时间和我们几个朋友不正经。

他私下和我们有多不正经呢？举个例子，有一次我穿得薄，屁股撞到一个不知道什么东西，那个铁边翘起来，把肉勾破了，血渗出来，痛得我，但又不好说。

陈峥过来小心翼翼地问："子望，你痔疮破了吗？"

"哎哟！痔疮破了是大事哟！女孩子家家的可千万不能让人知道哇！"

他一边说着还一边提高音量。

我说："你给我闭嘴。"

他说："闭嘴得拿东西塞满哪，五角场新开的烤肉店，你请我去吃。"

我开始心疼尽一，感觉她这一辈子都没遇到过什么正常男人。

陈峥在我们聚会里主要起活络气氛的作用，主要是因为，他这个人认真，真的特别特别认真，不管是工作还是玩，全情投入，他说："时间嘛，每一分钟都得好好过，别浪费了。"那时尽一心情不好，我经常带她一起去这些气氛热络的饭局。一来二去，陈峥就对这个每次都在角落一声不吭认真吃饭的姑娘产生了浓厚的兴趣。他觉得她和他一样，对待事情都那么认真，不过她更高级，吃饭都那么认真，话都舍不得说。我说你哪这么多歪理论，喜欢人家就说。陈峥说，好吧，她确实不同于外面那些妖艳贱货，我长着这张脸，她看都不看。

哦，忘了说，陈峥是我认识的这帮人里，作为男性，姿色最拿得出手的，他不仅工作上进，每天忙到很晚，还能抽出时间健身，自我管理要求很高。几乎每次吃饭时，我都看见有隔壁小姑娘眼睛像长在他身上了一样，个别把持不住的还会过来搭讪几句，找他要个电话。但每次陈峥小声在她们耳边说点什么，她们就乖乖走了。

有一次，我好奇，他是怎么回绝那些小姑娘还让人继续喜欢他的。他说，反正我比你智商高一点，每次一有人找你要电话，你怎么说的？

我说，我没有手机。

他笑得前仰后合，然后认真地问我，你自己说出来都不会笑吗？

不管陈峥情商多高，但我愿意赌 50 块他追不到尽一。

不知道什么时候起我特别爱和人打赌，从我赌的金额就可以看出事情的可行性。大部分时候他们也不会给，我就要个口头约定，不然做什么事好像都没有动力和意义。有一次，我在飞机上翻前排杂志，发现里面夹页有数独还有找不同的游戏，就拿着和尽一打赌，赌 200 块我 3 分钟能做出来那数独，赌 10 块我 3 分钟能找出所有不同。她不理我，说我目的太明显，数独是我从小玩到大的，那个程度别说 3 分钟，一分半都说多了。找不同那个游戏我打小就不愿意看，眼睛都看瞎了，对我也没啥好处，既不能活跃大脑，也没啥奖励。尽一怕我一直缠着她，就说找出来所有不同，就给我 5 块。成交！ 5 块钱也是钱哪！为了那 5 块钱我一直安静到飞机降落，后来看人都是重影的也没找着所有的不同。

从我愿意付出的赌注来看，陈峥和尽一的可能一半一半。

后来陈峥和尽一好上了。我问他咋追的，他也没告诉我。但不管怎么着，他肯定不是为了那 50 块钱，我没提这茬，他也不会剥夺朋友两天的口粮，吃准了他不在乎钱，早知道我赌 500 块了。

他俩刚好上的时候，尽一提过一个要求，陈峥让她尽管提，说着下一秒银行卡都要甩出来了，尽一推开他的钱包：“干吗干吗？我不接受包养式的爱情。”

陈峥嘻嘻哈哈的：“没，给你看看我新买的钱包，里面没钱！”然后收起不正经一脸认真地听着。

尽一说：“不管怎么样，都不希望你为我改变太多，爱情是盲目的，有时候为了取悦对方会改变一些自己原有的东西。我不希望你这样，我希望你和我在一起的每一天都是开心的，两个人能长久地在一起，是本身性格的适合，而不是压抑一方换来的平衡。我如果真的有适应不来你的地方、你的一些小习惯，我会试着接受，你做你自己就好。”

陈峥心想，这次真的遇到仙女了。然后他小心翼翼地问：“那家暴你能适应吗？”

尽一完全忽视掉他的嬉皮笑脸，他又开始不正经了。

陈峥最正经的就是一年后的那天。

那天求婚，他花大价钱租了浦东新区大楼最大的一块 LED 显示屏，花的钱可能够我买几个游泳池的肘子。显示屏上面放着尽一的各种照片，ps 过的，没 ps 过的。我和尽一在下面看着，看着她被偷拍的各种照片，趴在枕头上睡觉时的，穿着居家服蓬头垢面地整理房间的，戴着眼镜笑得连后槽牙都看得见的，在游乐场打喷嚏的瞬间的。我心想，要死了，要死了，这么多难看的照片私下里看看不就行了，现在好了，浦东新区的人民和我们一起欣赏了，搞不好明天新闻都能看见，求婚肯定完蛋了。

但我看向尽一，她早已泪流满面，灯光照得她脸庞微微泛光，鼻尖一直对着天仰望着那块大屏幕。

幸福的女人真美。

求婚前几天，我们忘记踩点，导致当天我们才意识到挑选的这块黄金宝地，也是广场舞大妈的心头爱。显示屏里放着点点滴滴，最后视频出现陈峥表情严肃认真又有点害羞的脸，他巴拉巴拉说的什么尽一一个字都没听到，耳边全是凤凰传奇的歌声。

VCR 放完，陈峥从载歌载舞的大妈中走来，他低下头凑到尽一耳边说：“刚才环境太嘈杂，我知道你可能没听清，现在我自己对你说一遍，尽一，我工作稳定，作风良好，今年 33 岁了，如果一会儿我问的问题你答应的话，那我的生命会从这一分钟开始重新计算，尽一，你愿意，嫁给我吗？”

清安醫務門診部
MI-75-83

尽一看着他，一下一下认真地点头，那是我见过的最严肃正经的点头，一下一下，仿佛刻进生命里。

我在旁边感动得要掉眼泪，怕要哭花了妆，嘴上念叨："完蛋了，完蛋了。"

陈峥转头看我："完什么蛋，你有蛋吗？"

后来我问尽一："陈峥当时怎么追的你呀？"

她说："没追，就有一次没人时，他悄悄跟我说，下次我来上海，他带我吃好吃的。"

我："这么……简单？？还有呢？"

尽一："他说每次大家一起吃饭时，我都埋头从头吃到尾，但实际上没吃什么东西，夹个鱼尾巴一点一点地吃好久；他还注意到我哪个东西会吃得快一点，上桌的时候就特意摆到我面前；他说我后来两次比之前吃得多一点，大家聊天时也有几次抬头跟着笑；他说不知道我心情什么时候可以好起来，所以后来聊的话题都多多少少和我家乡有关，希望我在有他的饭桌上觉得舒服一些；还说因为我头顶不好看，下次吃饭时不要总低着头了，他想看我脸抬起来的样子。"

我不得不佩服陈峥，怪不得那阵子隔三岔五组织个饭局，花这么多钱，和大家有说有笑的，其实心里都在想着尽一。

二

尽一婚礼前，一切看似都蛮顺利的，直到周然那个王八蛋又回来找她。

周然胡子拉碴的，又回到最初那副屌丝样，我说：“我看见你这落魄样怎么这么开心呢？”

他完全不在乎我损他，一个劲地问：“尽一过得怎么样，是不是要结婚了？心里还会想起我吗？”

我说：“这一大早的您刷牙了吗就叫尽一的名字，脑子还没清醒呢吧？”

他说：“我想见见她。”

你想见就见哪？切，我还想上天呢。

尽一说，没关系，见见吧，大家都是成年人，都……都是朋友，这么久不见，不知道互相过得怎么样了，好歹……好歹一起走过那么多年。

他们见面就约在婚礼礼堂那家酒店一楼的茶餐厅，尽一和婚庆团队看完场地直接下楼。两人那么对坐着，她先开了口：“最近怎么样，孩子老婆都还好吧？”

周然不敢抬头：“挺好的，也……也不太好。快撑不下去了。”

他们刚在一起时两人爱得如胶似漆，毕业生了孩子也结了婚，一开始二人世界享受得如火如荼，导致工作上也一直高不成低不就。女方也不上班，在家带孩子，周然一个人顶着压力找工作只想要高薪，可现在留学生太多了，学习再怎么好，人家也不可能花大价钱雇个爷爷，一切还要从基层做起。加班，工资不如意，陪家人的时间越来越少，女方的抱怨，她哪想到会这样？一个也算漂亮的人海外留学回来，不仅做了人妻，生了娃，得到的爱越来越少，生活还得不到保障。之前万般理解他的美娇娘，现在成了因为鸡毛蒜皮的小事天天和他闹离婚，让他身心俱疲的母老虎。

说到这儿，我都差点可怜他了，但是，你在尽一结婚前和她说这些干吗？

有句话不是说吗，再轰轰烈烈的爱情还是会输给柴米油盐那些小事。

周然还是低着头，尽一看到他杂乱的眉毛，外套上不知道哪里沾的油渍，有些干燥粗糙的手，挂着疲惫的双眼，还有衬衣上依旧松松散散要掉的扣子，他再也不是她照顾得干干净净的大男孩了。

“时间过得真快，我们，都长大了呀！”尽一说，“需要钱的话我可以借给你，回家好好陪陪自己的妻子，别说什么快撑不下去的话，毕竟你为了选这条路，也……也失去了不少东西，那就好好走下去吧。还记得我和你说过什么吗，别让我知道你过得不好，别辜负我当初成全你好好生活。”

三

好多年前，他们分手的那天，尽一垂着头，收拾好了在周然家的行李。

她跪在地板上，被拉得长长的影子被周然踩在脚下。周然立在门口，一句话不说。尽一拎着大大的箱子，一整箱零零散散的回忆重得她摇摇欲坠。

她鼓起勇气抬头对上他的眼睛，说："我走了，你好好的，以后……别让我知道你过得不好，别辜负我今天成全你好好生活。"

他说："知道了，那……还是朋友吧？"

尽一脸上闪过失望，勉强挤出一丝微笑，顿了顿说："好。"

那天的她不知道为什么那么坚强，眼泪忍着一直没掉。

那时周然号称找到真爱的恬不知耻，我还历历在目，全然不是现在这副可怜的形象。

都说浪子回头金不换，周然你回一个试试，腿给你打断。

他突然站起来，走过去俯身抱住尽一，埋在她耳边："我真的后悔！"

赶来看场地的陈峥立在身后不远的大堂门口看到这一幕，头也不回地走了。

周然这个畜生，不知道要祸害她多久。

之后的几天陈峥的话少之又少，尽一和他商量婚礼流程的各项安排也提不起兴趣，埋头在公司待到半夜才走，我问他："你躲谁？在公司待到这么晚不怕女鬼来闹你？"

他眼睛不抬，甩出一句不正经的话逃避我第一个问题："女鬼？漂亮吗？胸大吗？"

我治不了他，唤大伙把他叫出来吃饭，寻思着这哥们是不是患上了婚前恐惧症。沈从、小司、胖子和徐队合伙把他从晚上8点灌到半夜2点，灌得他跪在路边哇哇大吐直骂娘，他才把那天看到的事说出来。沈从和他说了由头，尽一在周然身上消磨的时间和精力，周然可能是尽一这辈子付出时间和精力最多的男人。说了故事的起因、发展以及那个王八蛋的光辉简介。

陈峥想，付出那么多，还会有感情吧？他拿起手机，在屏幕上断断续续地按："如果……那个人再来找你，你会不会……你对他还有感情吗？哪怕一点点……"

字打一半删掉，他借着酒劲直接打给她。

就是这天晚上，周然出现后的第四个晚上。

陈峥喝得踉踉跄跄，在寒风里冻得瑟瑟发抖，在电话这边说："我就问……问你一句话……你好好回答我……"

陈峥问："如果……"

尽一在赶去接他的路上，突然停在雪地里，脸颊冻得通红，她想，他问什么都把第一想法告诉他，不会骗他。

"如果……"

话到嘴边突然就问不出来了，陈峥想到每次自己在外应酬喝多，无论多晚，尽一都会赶来接他的日日夜夜；想到每次还没睁开眼尽一就已经给他熨好的白衬衫；想到她怕他在外面吃得不营养，认真给他做饭的样子；想到他求婚那天，她一下一下郑重地点头。

他想，这些爱，他一直都是感受到的呀，为什么还要纠结她的那些过去呢？

然后陈峥突然笑了，调侃着问她："如果我是dj你还爱我吗……"

尽一扑哧一下笑出来，陈峥也笑了："不管了，反正你怎么样我都爱你。真的……以后有不开心的事，第一个告诉我，我……我去给你买好吃的。"

陈峥就是这样，尽一难过的事，他一句不提。他总是会突然这么不正经，有多深情就有多不正经。

我记起有次尽一在朋友圈写给陈峥的话：

“我们年轻时会误以为很多事，有时以为长长久久的的是爱情，有时误以为怦然心动的是爱情，有阵子会误以为对方日夜关心的是爱情，有阵子误以为互不干涉的是爱情，有时误以为习惯了的是爱情，有时误以为想念的才是爱情。

爱情究竟是怎样的，

如果没有你，

我想我到老可能都不会清楚，

最大的温柔就是你安安稳稳地帮我把落霞抹在脸上，风雨埋在心里。”

至于开始我为什么说他是尽一最爱的男人，是因为她嫁给陈峥，就是嫁给了爱情。

记忆的寿命

以前他用一块钱给你折的爱心戒指，
你小心翼翼地收进钱包里。
分开多少年后的某一天，你急急忙忙赶车，
零钱不够，便把那爱心戒指投进去，
然后淡然地走到后车厢找座位。

当时上学罚抄 1000 遍的公式，毕业后还不是忘了。
你们才在一起两年，看了 700 多遍的脸，
有一天也是会忘的。

有些回忆，没有我们想象的那么重要，都是自以为是罢了。

我们的心脏连接九根主要血管供我们生存，每天忙得要死，所以，有些人不在身边，那就选择忘掉好了。

不是我们狠心，有些东西过期了就是过期了，我也无能为力。

五年的时间，你有三次看着我的脸说了同样的话。

“这里有颗痣。”

声色犬马，各安天涯

“心里的那些秘密，犹如病症越于感情。”

一

旁边那桌坐着一位老者，餐厅人没满，不知道为什么想和他拼桌，他同意了，笑的时候胡子也弯了。他拿着英文书，偶尔用手机查看不懂的单词，我看着手机屏幕上的句子时不时问他如何翻译。我突然觉得这时身边有个人很暖，盯着他的胡子，我想我可能需要亲人了，什么都不说，在身边就好。他问我，我长得像你爷爷吗。我说不，我没见过爷爷，然后我拿出一些句子让他翻译给我听。他一边翻译一边感叹:

“写这个的人是把爱藏在多深的心里呀！”

后来因为太疲劳，身子不知怎么就那样倦地睡着了，他帮我结了咖啡的钱，留下一张画着笑脸的纸巾。

二

这一阵子，记忆力越发地好，总是闪过一些琐碎的小事，比如，以前暗恋的学长每周二都会穿黄色的球衣，地铁路过某一站时广告牌上的电话、有天奶奶的袜子上沾了一根白色的线，朋友家沙发侧面有个拉锁是坏的……

过去的几天，四目相对四十二个陌生人，仅有十一个想去交谈并可以交谈，其中三个安静听完，七个交换故事，一个与我并无半句交流。那七个故事中我仅信了一个，因为她说到动情之处眼睛里闪烁着光，一如你以前提到我的样子。

这对我来说是很好的宣泄方式，说给别人听的故事，尽是之后就不会再记得的陌生人。

三

把时间排得很满，生怕空闲下来，也害怕早起，因为那样一天会显得格外长，我想起我那个良师益友，老易。遂约出来交谈，攀谈无果，原因是他觉得我过于平静，不像年轻人的样子。他问我："为什么你的生活会越发规律了？"是呀，为什么？这一阵子不会超过 10 点就上床，看一小时读物，然后睡觉。买了花，每天醒来第一件事就是把它们搬出去晒太阳，吃早饭，约朋友出来开始一天的生活。长这么大，我难道还看不出哪些人是真正对自己好，哪些事值得做哪些事不值得做吗？

他摇着头说道："年轻不胡作非为，到老了拿什么话当年？"

他就是这么一个放荡不羁的人。

我觉得好笑的是，时间一天天过，好像什么也没改变，但当你回头看，每件事都变了。

四

有一天早上醒来，周围静得出奇，发现这个世界不曾改变什么，我只是提早醒了一些。我才发现，不是每个人都可以在我心里兴风作浪。我不再是性情中的小孩子，我知道迟早有一天，我会忘记你，对此我没有很期待，也没有很失落，我只是知道，会有那么一天。

我突然高兴起来，为那时的自己高兴，因为此刻的我是那么清楚，想念一个回不来的人，有多么痛苦。

或许我已经过了奋力挣扎的年纪，越大越明白，感情这种事，也是可以偷懒的，也或许，我根本就不够喜欢你。

不知你听没听过《雾里》这样一句话："心里有些话，想说出来。也许不一定是为了告诉你，也许有些话只是为了告诉自己。"

陶然

門郵政
DE MACAU
STARBUCKS COFFEE

初心在，物是，人是

我与软蛋相识九年。

一

2014 年 4 月，软蛋风平浪静的感情里来了一位不速之客，那个外来者太猖狂，就那样风风火火地霸占了她的一切。

软蛋脾气软，竟然就那样被赶了出来，每天她都重复地问我："他为什么不要我了？"

我突然想起自己，不知道从哪年开始，就很少找别人要解释了。

迟到、食言、辜负。

不知道从哪天起，就觉得没必要听了。

我告诉她："会离开你的人，有千万种理由，你能想到的每一种冠冕堂皇，全部都是理由。"

我编了一首歌每天唱给软蛋听："你给我一个家，你是一个善良的艺术家，家里摆满她的睫毛夹，你每天接她回家，可那原本是我的家。"我把她的头按在我的肩膀上，眼泪浸湿我的衣裳，听她的眼泪一滴一滴，仿佛每句都在说：

"他会回来，他不会回来。"

我想着矮矮小小的她被人欺负，手里要捏爆核桃。

但既然付出，就会有辜负。

我告诉软蛋，既然无力改变，那就远离。别纠缠，要脸。

这边过于平静，对方开始按捺不住，那么风风火火的人怎能允许别人的忽视？第四天，软蛋接到小三的短信，对方主动要求见面，软蛋气得眼睛通红，直跳脚。

我说："走啊，我们去买漂亮衣裳。"

我把软蛋满是汗水的手握在手里，牵着她坚定不移地走到小三面前，风火女趾高气扬地叉着腰，分分钟点燃软蛋的情绪，软蛋刚要开骂，我却先开了口："对不起。"

软蛋和她都愣住了。

“对不起，虽然第一次见你，但没想到你这么丑，我朋友居然还和你较真，老天欠你的，男人我们不要了，给你吧，你也挺不容易的。”

说完拉着软蛋走了，留下小三在风中凌乱。

“我是不是很善良？”我问软蛋。

软蛋笑了：“认识这么多年了，每次别人欺负我，你就嘴巴毒得要死，还一字一句口吻平静地说出来，我真是喜欢这样的你。”

“但是……”软蛋忍不住又问，“我们俩谁漂亮？”

“她漂亮，但是她的内心丑陋，丑得我不想让你和她多说一句话，哪怕是还击。不要再和那样的人有交集，答应我。”

这次软蛋争气，换了新的号码，不再孤独与醉酒时犯贱打给前任，不再念念叨叨与旁人揭自己的伤疤，醉了就打给我，哭得龙飞凤舞，欲罢不能。她问：“你最难过时会喝酒吗？”

“会，但不是因为难过，难过会失眠，我需要酒精助眠，但我不能喝多，我们要爱自己，对自己身体负责，你知道的。我不会让任何人和事伤害自己，我会好好爱自己。

“最简单地爱自己，就是好好吃饭，好好睡觉。”

电话那边的她若有所思几秒，继而又是铺天盖地的鼻涕眼泪。

我告诉软蛋：“我不会安慰人，隔着屏幕说‘别哭了，我在 ’。这种屁话我说不出口，所以我现在去找你，我们收拾行李，带你去山上，随你怎么矫情，你难过的时候使劲作，从山上往下跳我都不会拦你，但如果你好了，想开了，就请你翻过这一页，不要再掉一滴泪，你忘了他，你就是世界上最好的姑娘，我把我最爱的马让给你骑。”

那次回来，她的哭闹、她的想念、她的不甘，这一切，都烂在我们心里，没人知道。

二

2014 年 7 月，我给软蛋报了游泳班，待我忙完回来，游泳教练已对软蛋暗生情愫，软蛋怯生生地问我意见。

我说：“游泳班里肤白貌美胸大臀翘的女生也不少，再看看你那身材、你那平胸，是真爱，嫁了吧！”

软蛋和游泳教练的幸福生活持续了一年，她偶尔会发一些问候的话语给我：“你最近过得好吗？”

“我很好，想我就来见我，问个毛线！”

只要初心仍在

物是

人是

2015 年 6 月，我站在软蛋家楼下大喊：

“喂！你下来，我们去吃刨冰，你请客。”

嘿！好久不见了，朋友。

猫

每天晚上吃完饭，

我都会和我的猫在阳台上坐一会儿。

很庄重的，

像个仪式一样。

我不在的时候，

它也不会顾及今天的落日是不是比我们那天看的还要好看。

谁知道。

我在的时候，

它的眼里就只有我。

我也很爱它，

我们互换身份，

有时它趴在我的椅子上，

而我

会坐在它的垫子上。

我想着对面江中的鱼，

而它……

替我想念我该思念的人。

某个下午的一篇情诗

20×× 年某个初夏

现在我在电脑上敲这些字的时候
电话那边的人睡着了
我把手链摘掉
小心翼翼地
怕它掠过桌面时的细小声音吵醒他
也把窗关了
所有的一切都静悄悄

我住了间临水的房子

我每天睡醒第二件事是睁眼看到云看到江

第一件事是想到你

我很久不读故事给人听
你不知道
我只读给你
你听着我的声音总是轻而易举地睡着

我就在电话这端守着你
千千万万次对着电话小声说

“我想你”

而这些
已经过去很久了

所失，所有

电台里放着钟明秋的《一生何求》，“冷暖哪可休，回头多少个秋……没料到我所失的，竟已是我的所有”。术儿说，以前不懂，现在终于懂了。原来听懂一首歌的时间，比爱一个人还要久。

一

认识术儿是在一次聚会上。

“真心话大冒险”这种游戏，最反感的就是我这种人，玩不起还得带着玩，全程冷漠脸全然不照做，问题踩到雷点不行，输了去隔壁调戏良家妇女也不行，这能怪我吗？我说你们也太不健康了，玩点我拿手的行不行？他们说，什么健康，你拿手什么？射箭？攀岩？整天待不住，难道大冒险要脑袋上放个苹果，谁输了让你后退十步蒙眼射一箭不成？

我眼睛放光："这个可以有。"

术儿不一样，也不是玩得嗨，就是听话，让干什么干什么，虽然她有时也不好意思，但是输得起，搞不好你让她把裤袜套头上去广场中间人最多的地方跳一段她都照做，不太懂得什么叫拒绝。

后来，还真有人这么提了，而且还不是套她自己的，套别人的。

我说："够了呀，适可而止，玩归玩，还是要讲究卫生的。"

她尴尬地在一边就这么被我一句话救了，发自内心地觉得我是天使。

其实我另一方面是觉得她头太大套不进去。

小司坐在最边上一直不说话，也不参与，连冷漠脸都不如，面瘫脸。

轮到小司真心话，理所当然身为女朋友的术儿抢夺提问权，大家争着喊："问个劲爆的！"

术儿问："你出过轨吗？"

大家觉得没意思，出了也不可能当着这么多人告诉你吧。

还没等他回话，术儿轻描淡写一句："我出过。"

全场寂静。

有时就是这样，对方想跟你分手，千方百计怎样都会达到目的。

那是他们真正分手的第一天。

在此之前他们分手了无数次都没有成功，女孩子讲分手，多多少少有挽回的余地。小司心里清楚她怎么想的，每次都知道，但这次，术儿铁了心地要分手，索性来次狠的，也是逼着双方不再有挽回的余地，拖拉了这么久，累了，当着这么多人的面说这种话。小司心里明白，她其实并没有做什么对不起他的事，但知道感情到这儿不得不放手了，最后也没讲出口挽留她的话，只说了一句："你吃不惯外面的饭，饿了就回来，我还做给你吃。"

术儿和小司在一起五年，中途分分合合，年轻人，哪懂什么根深蒂固才叫合适的感情，新鲜劲过了，没激情了，以为爱用完了。我们有这样的想法，真是傻。

分手后，术儿交的第一个男朋友在国外留学，她不远千里地追随过去看他，走之前留下来一句话："望儿，给你带国外的肘子回来！"

"一边去，老外吃肘子吗，带回来还不长毛了？给我带点泡泡糖回来吧，国内的现在都吹不大。"

"好嘞！但老外吃泡泡糖吗？"

"想什么呢，肯定吃的，去吧皮卡丘！"

Follow Your Heart

“嘿嘿，皮卡丘马上要被爱神丘比特射到真命天子身边了！我起飞了呀，祝我幸福。”

“祝你幸福。”

她总是半夜发给我：“望儿，我在陪男朋友上课，你在干吗？”

“在睡觉。”

“Independent、impact、idleness、ignore……望望，我在背单词，你在干吗呢？”

“在睡觉。”

“望儿，你猜我今天去哪里了？我们去了画展！虽然我看不懂，也听不懂他们巴拉巴拉地说什么，但我好开心！然后下午和他散步回家的时候，他还画了一幅速写送给我，你看！你在吗？”

“在睡觉。”

“望儿，你在吗？这里的饭我吃不惯，他出去了，我自己在这里，有点想家……想你们……你在干吗？”

“睡觉，回来，一起睡。”

一去一个月。

回来第三天。

小男友留言：“分手吧，我不喜欢异地恋，我们不合适。”

哎哟！我这个暴脾气！！

术儿在大雨里淋成落汤鸡，跌跌撞撞跑丢了一只鞋，哭着来找我，吃我的泡泡糖，睡我的床，抱着我的猫哭了三天三夜，白天哭，晚上睁着眼睛盯着我，我吓得蹦起来，差点魂飞魄散，要不是我心理素质好，早就跳楼了。

她翻了个身，叹一大口气："我孤独。"

我看到她打开和小司的聊天对话框，打开，关掉，打开，再关掉。

我说，想他就去找他，把心定下来吧，小司一直等你呢。

她不说话，坐起来，翻钱包。

我说，虽然你这几天一直吃我的，喝我的，但你也别多给，意思意思得了，这两天我正好看上一套弓箭护具。

她翻出来一张破纸，皱皱巴巴的。

我说："不是给我钱哪！"

她说："我们第一次分手时小司写给我的。"

前面字迹水渍斑斑，已经看不清楚，只有最后一段：

"可能你不知道，第一次见到你在台上唱歌的时候，我就知道你属于那里，但是就像我见到你的第一天，你在闪闪发光，我知道你需要更好的，等你真正幸福的时候，我再走。”

他们以前刚在一起的时候，术儿已经有了自己的两首单曲，在舞台上放开嗓子从这头唱到那头，跳起舞来也全身充斥着年轻的荷尔蒙，完全暴走，我从没见过一个人这么适合舞台，跟私下里的傻乎乎完全不是一个人。后来混了混圈子，也是因为年纪小，人际交往上她这种缺心眼的性格不太吃香，也就退了出来。小司说，不喜欢就换别的，他负责赚钱，她负责追求梦想。术儿没说，可我们心里都知道，她最爱唱歌，小司说以后开家小酒吧让她想怎么唱就怎么唱，她开心得不得了。在酒吧没开起来之前，术儿一直没唱歌，一停就是五年，他看她的时候眼神里经常填满亏欠。术儿时常会觉得，小司对自己的亏欠大于爱，她怕小司是因为亏欠才一直留在她身边。

小司经常这样，太为别人考虑，尽自己全力做还是怕亏欠了别人什么。

他之前养过一只萨摩。传说萨摩是掉毛的天使，朋友不想养了就送给他，萨摩知道主人不要自己了，整天郁郁寡欢，东西也吃不下，觉也睡不好。小司带着它每天去公园散步，看花花绿绿的草，交了大大小小的一堆狗友，萨摩也渐渐开朗起来。小司每次吃饭都把鸡胸肉挑出来给它吃，水果鸡蛋各种营养不可少，小司一直给它最好的，萨摩也渐渐接受了第二个主人。

后来小司还是把狗送走了，自己躲在房间里不说话，我们都知道他舍不得。

舍不得为什么还不留下呢？

小司拿着他给它买的第一个玩具："那边有大别墅给它住，家里还有只母狗和它玩，人家院子也大，环境好，也干净，它吃得也能好一点，你看它跟我的这半年也没长多少肉，总之……它跟那个新主人……能活得好一点。"

其实它想要的，只不过是他为它留的那一口鸡胸肉。
最喜欢的，是他买给它的第一个玩具。
小司总是这样，怕给不了对方最好的。

术儿说，我这辈子最忘不了的就是他了，最想在一起的也是他了，但是我也已经不能再继续回去找他了，这样不公平。我能做的，就是尽快让他看到我幸福，这样他的视野里才能看到别人。

二

不久术儿第二次恋爱，沈东。她说，这次靠谱。

术儿去逛街时，基本都是沈东来接的。

术儿在路边大排档吃坏了肚子上吐下泻时，枕边的暖胃茶也是沈东放的。

术儿收到的最喜欢的 25 岁生日礼物，也是沈东深思熟虑挑选的。

术儿搬到沈东家，和沈东爸爸妈妈住在一起，白天沈东和爸爸去上班，术儿和沈东妈在家里分工做家务，一起买菜，一起做饭，一起看无聊的电视购物，一起聊一些有关民生的小新闻，术儿觉得这一切都好极了。那些她曾经在舞台上的时光，完全淹没在这些鸡毛蒜皮的小幸福里。

我去她家做客，她已经烧得一手好菜，小小的身子蹲在地上一寸一寸擦着地板，沈东妈妈腰不好，术儿住过来之后分担了不少家务，老两口对她的喜欢都从眼睛里透出来。

沈东家有只小泰迪，一到饭点就汪汪直叫，引得全楼的狗一起叫，一般人都会大声呵斥：“够了，别叫了！”

术儿不一样，每次饭前都把小泰迪抱起来：“来，看看，今天咱们家吃什么，去！告诉它们，跟它们嘚瑟嘚瑟！”

然后小泰迪就跑到门口隔着门扯着嗓子跟别的狗汇报：“我家今天吃大虾、肘子，还有鱼！汪汪！汪汪汪！”

然后全楼的狗就一起骂骂咧咧："你个挨千刀的泰迪，吃就吃呗，还说出来馋我们。汪！汪汪汪！"

泰迪汇报完得意忘形地回来卧在术儿脚下。

或许真如她所说，这次恋爱靠谱，遇见真爱了，所以又纯真得如孩子一般。

吃饭时，我说："哎哟喂！阿姨做的虾太好吃了，哎哟这肘子怎么到嘴里就化了呀，怎么做的呀？阿姨我能带走吗？帮我拿个打包盒，塑料袋也行，我回家晚上饿了吃。"

术儿说："虾是我做的，我知道你爱吃番茄虾，给你留了一盒一会儿带着，我剥虾时手都扎破了，你看。"

我有点愧疚，头也不抬地把菜全吃了。

沈东妈看着术儿："你这孩子怎么这么不小心，疼吧？老沈，快去给孩子找个创可贴。"

沈东爸就去翻箱倒柜。

沈东妈走过去说："哎呀，你怎么这么笨哪，就在右边第二个抽屉里。"

术儿也跟过去到客厅："阿姨，没事，您和叔叔先吃饭，这点小伤口用不着创可贴。"

沈东妈说："那可不行，感染了怎么办，你这孩子总这么不小心。"

我从没见过如此和谐的婆媳关系，感动得眼泪要掉下来。

回神看着这一桌只剩了我一个人，我趁他们不在又赶紧往嘴里多塞了两块肉。

Mia，mia，mia，实在是太好吃了。

术儿能幸福，实在是太好了。

有一次小司问我，术儿最近好吗。

我说，蛮好的，她会好好地开花结果，你也别单着了。

小司说，等她真的生了根我才放心，而且，我也没有特意等她，真的没有。

术儿喜欢百合，这周买束白的，从花苞到凋零，一周开败，下周买束粉的，下下周换束黄的。晚上沈东坐在书桌前准备明天的会议内容，手机随意扔在床头，屏幕亮起，术儿有意无意地瞥一眼，内容惹眼，一不小心就刺痛了她的泪腺。是他的前女友。

她看着书桌上的百合，问沈东："我买的花开了，你注意到了吗？"

沈东头也不抬："没注意。"

她背过身眼泪忽然一串串往下流，他什么都不在意，她把他衬衫一件件熨平褶子，她会在他睡前点助眠香，她把他的领带有序地按颜色分类。她养的花、她看的书、她脸上的汗渍、她微隆的小腹，他都没注意到。

术儿摸着肚子，安慰着里面那个小生命，再等等，他会求婚的。

沈东还是出轨了，说出轨这个词不知道合不合适，对象是前女友，其实俩人关系一直没断，术儿后期发现时也总是睁一只眼闭一只眼的，她说，他会回头的。

人家是回了，回大了，拐到前任那儿去了。

圣诞节前夕，术儿本来约沈东一起看电影，沈东临时有事来不了，她就自己在街上闲逛，走过经常去的咖啡厅，看到一年没见的身影，小司坐在角落不停地在笔记本上敲打键盘。他现在写一些小故事放到网上，小有名气，那些故事都不是他经历的，小司心细，每天观察着来来往往的人群，收集着他们字里行间的语气变化，热恋的、失恋的、孤独的、伤心的……大家都对他感到好奇，细节把控到位，那些悲伤和快乐都随着他的文字侵入读者血液，文笔这么好，却对自己的故事只字不提。小司说："因为我总觉得我的故事还没有结束，等到结束，再来写。"

但我看过他写的东西，里面有句："思念如马，自别离，未停蹄。"我总觉得写的是他自己，就像我一样，不写自己的故事，但每个故事都是自己。

小司问："这两年还好吗？"

术儿说："我很好。"

好个屁。

她看到朋友刚发给她的信息，沈东和另外一个女孩的照片，他还戴着术儿亲手给他织的围巾在和别人过圣诞节，她怎么会不知道。

那个女人不声不响地侵蚀她的生活，不声不响地宣誓术儿现在拥有的一切都是她的，术儿就会哭，我在家里气得翻跟头。

术儿问我，你说，他留恋那个女生什么呢？

我说，漂亮啊，胸还大，漂亮得跟妖精似的，连我的魂儿都要被勾走了。

她气得暂时先搬了出来，让沈东自己好好冷静几天。

换作是几年前，就忍了，还年轻，不行再找呗，感情这事勉强不来，擤了鼻涕擦干眼泪过几天又是一条好汉，把伤心和难过和着米饭咽下去，填饱肚子她又可以活蹦乱跳地相信爱情："真爱我来啦！真爱你在哪儿啊！"

但这次不一样，这次结的果扎扎实实地在她肚子里呢。

术儿想，不等了，沈东再怎么留恋前任，毕竟她肚子里怀着他的孩子呢，先告诉他再说。刚一进家门，正巧遇上神情凝重的一家三口，还有沈东的前任女友，这是一场硬仗。

沈东说，想好了，要娶她。

沈东爸不同意。

沈东说他们分手之前打掉过一个孩子，没能照顾好她，她现在身体很不好，当时没尽到作为一个男人的义务，他要用一辈子补偿给她。

说这些的时候，术儿仿佛一个外人、一团空气，完全没在沈东考虑的范围之内。

沈东妈指着术儿："那人家小姑娘也是在你身上耗费了时间的呀，你怎么对得起人家……"

沈东头也不抬："我会和她解释。"

术儿从进这个家门开始大脑就是一片空白，她只想到冰箱冷冻室里冰着的那些虾，她自己去市场买的时候特意挑的，个个活，比平常的还贵了 10 块钱，活蹦乱跳的，原本是要做给沈东吃的，他说加班不回来，只能把它们冻在冰箱里。

她想到走的那天新买的百合含苞待放，过几天沈东想清楚了接她回来她正好可以看到它们刚刚开放的样子，可是整整 10 天，他一个电话都没有，那束百合，都谢了吧。

她想到他们在一起后还没来得及给沈东唱过歌，那些曾经在一个舞台上的伙伴都出了单曲了，唱着声嘶力竭一生捍卫的爱情。

她想起沈东喜欢吃辣，她就一边大口喝水一边跟着他傻笑着吃辣。

她想起沈东睡不着的时候，她揉着眼起来陪他聊天，讲那些好玩的事给他听。

她想起沈东，沈东，还是沈东，这个世界真讽刺呀，他是你眼也不眨就可以放弃一切的人，你是他眼也不眨就可以随随便便放弃的人。

真的伤心欲绝，是什么都说不出，难过都不够，哪还有力气吵架，争出个所以然？术儿收拾了东西，想说的话全咽在肚子里，临走抱了抱小泰迪："我走了，以后家里的饭菜口味变了你也会告诉别的狗狗吗……"

然后她一步一艰难，一步一蹒跚，满脸泪水，就这样一步一步退出沈东的世界。

她在我家附近临时租了间小房子，我买了很多食材填满她的冰箱，威胁她："你给我吃饱点，肚子里还有一个呢。"她做饭的时候经常发着呆掉眼泪，油溅在手臂上才回过神来。她注册了账号，在那个平台上安安静静地唱歌，有时唱着唱着突然就停在一句上，然后就关了直播，我知道她在偷偷地掉眼泪，有人因为这样总是骂她，她也不在意，她说："最爱的人都那样对我，他们这些人的伤害，对我来说又算什么呢？"有人送她礼物，她笑着说孩子的奶粉钱有了。

三

她磕磕绊绊也经历了不少人，躺在我旁边，翻着手机里的相册。

"你看，这是我高中的时候，可爱吧？我记得那时刚分班，小司坐我后面。

“啊，这个是我初恋，后来喜欢上隔壁班女生了，恶人先告状，到处谣传我和小司在一起。我不服气，还一直刻意回避小司。

“后来毕业，小司告白，他红着脸说喜欢我好久了，这个傻瓜，我们竟然就这么在一起整整五年。

“你看，这是我第一次自己出远门，在飞机上，去见谁忘记了，总之是当时爱的人。

“望儿，原来不爱了真的会忘记呀，你说那些人……会不会忘了我？”

我说我忘不了你就行了，我这不是一直在吗，咱们好好想想，你想给孩子取个什么名字呢？这小东西现在会动吗，踢你了没有？

她说，我拜托你件事，要是小司问起我，你就说我很好，他那个人，死心眼，我没真正幸福之前他是不会放心的，想让他过得好，你就告诉他，我找到好归宿了。

我说好。

后来几天我连续翻《诗经》，想找个代表我文化水平的名字，全部被术儿否认了，我在她房间贴好看的田园风景花墙纸，把她卫生间坏掉的灯泡拧下来换上新的，术儿扶着我的椅子，特别认真地讲：“叫冬瓜吧，冬瓜好听吗？”

好听个屁！

你认真的吗，可以呀，一听就知道她妈妈特别没文化。

术儿哈哈直笑，晃我的椅子，去你的，你才没文化。

日子总是好像要风平浪静的时候，冰山会突然出现给你撞个底朝天，我原本以为故事到此为止不会再坏了。

术儿打给我："快……快来！"

我在医院看见她的时候，她就这么闭着眼睛，泪水一个劲地往外淌，牙齿死死咬着干裂的嘴唇，缝隙透着丝丝拉拉的血，她一句话不说，她的全部都在告诉我她很痛。

我目光停留在她已经扁平的小腹，哇的一声哭出来。

而后的时间，是10天，还是半个月，抑或是更久，术儿再也没讲过话。我去看她的时候，就带一束百合，带着一大旱煲的汤，她没看，也不吃，双腮深陷，呆呆地看着窗外，有时哼几句不知道什么的歌，簌簌地掉下眼泪来。

现在，孩子也没了。

有一次小司约我出来，问我，术儿好吗？

我想起术儿说的话："想让他过得好，你就告诉他，我找到好归宿了。"

我说，她很好，嗯，她很好。

小司叹了长长的气，说那就好，终于放心了，之前无意间看到她直播唱歌，听说她有宝宝了。我雕了个小玩意儿给她，还有这个，小孩子的小手套，我也不知道男孩女孩，两种都买了。

我接过来说，这雕的是什么？

"冬瓜呀，术儿以前最喜欢吃的，她还说过，以后有孩子了，小名就叫冬瓜。"

我连再见都没来得及说，掉着眼泪头也不回地走，抱着带给术儿的那束百合。

我把小司雕的摆件放在她的床头，电台里放着钟明秋的《一生何求》，"冷暖哪可休，回头多少个秋。没料到我所失的，竟已是我的所有"。

术儿说，以前不懂，现在终于懂了。原来听懂一首歌的时间，比爱一个人还要久。

只是爱的人不在身边

这阵子过了几天最初始的生活，每天一大早起来，做做家务，下楼去牛奶站里喝牛奶。

隔壁楼的奶奶也正好下来，问我，这孩子怎么一大早就蓬头垢面的，洗脸了吗？

我说没，着急见你。

她笑着用拐棍戳我几下："再跟奶奶不正经！"

在小区里溜达，跟着大爷大妈们乱走，跟着他们撞树，撞得骨头快散架了，在他们旁边哎哟哎哟地乱叫。

一些底商陆陆续续开门，大爷们的牌桌也摆好了，我在旁边看着，看到熟悉的长者过去问候一句："爷爷，一大早就赌博，够雅致的呀，不去茶馆吹牛了啊！"

大爷打发我："一会儿去一会儿去。"

回来坐在阳台上看着云和桥啃苹果

坐在地上看书

写东西

中午累了睡个午觉，早上看的故事正好都重叠在梦里

脑子里的事一件一件翻出来

痛苦的高兴的都写完

写着写着想发呆就抱着盒冰淇淋坐在阳台上大口大口挖出来吃

晚上拿上十几块钱

在路边摊让老板炒个烩面

8 块钱一份

我跟他说你少给我炒点，那么一大份拿狗盆子都吃不完

他说你剩下不得了

我说我不爱浪费粮食

他没少给我，还多炒了个鸡蛋，放在我面前，小姑娘家得多吃点

我狼吞虎咽地感激他，有时没事就陪他们两口子唠个两块钱的

我说，老板娘听你说话感冒了啊

她说真的是，她老公都没发现

我说幸好不是你做饭，不然我还要担心会不会传染给我

她咯咯地笑说不会，她没有老公做得好吃

她说你这小姑娘怎么穿得这么随意，袜子都不是一对，一长一短在外面露着，好好打扮一下应该挺好看的

我附和着说或许吧
剩下的钱买个苹果、西红柿
留着明天吃
在快递柜取了好久不见的朋友寄来的快递
一封请柬
又是一对正果
想起以前她冒着大鼻涕泡在我旁边唱
“某省某市某个街 住着一个王八蛋”
好在一切都过去了

辜负她的王八蛋不知道去了哪里
真命天子终于龙飞凤舞地赶来了
普天同庆

晚上随意歪在阳台一坨软垫子上
还是看江看桥
这才想起来一天没洗脸

随意用水冲了冲

脑子里安安静静的

真好

只要把手机放在一边

日子就好像回到从前

只是爱的人不在身边

下一个中秋，我们可不可以一起看月亮

世上最珍贵的莫过于：家乡的圆月亮，失去的好姑娘。

一

上次回家休假，Silen 半夜来我家楼下硬拉着我去看月亮。

我说，不去不去。

他说有重要的事跟我说。

我说，不去不去。

他说他难过呀，要死了。

我说，那我更不去了。

他说他带了他妈酱的肘子。

我说，等我两分钟，马上出门。

“我女朋友悔婚了。”他开口说道。

我嘴里塞满肘子：“欸欸欸，好好看月亮，我不想听故事，悔了就再找一个，别矫情。”

他说：“你还是不是朋友？”

我一脸严肃地说：“请不要随随便便打扰别人吃东西好吗？”

他一时语塞。

Silen 情路一直坎坷，我喜闻乐见。

他第一个女朋友，俩人一起走过青葱岁月，青梅竹马，才子佳人，无奈佳人长大了，世界那么大，她迫不及待地想去看看，一发不可收拾。这姑娘给他扣的屎盆子、绿帽子噼里啪啦像倾盆大雨一样密集，生生把他气住院了。

我拎着一个西瓜去看他，他胃不能吃，我装作不知道的样子，拿着去意思意思，到头来还是我自己吃，我都算计好了，忍不住为自己颁发一个诺贝尔聪明才智奖。

但到那儿之后，他扭头就把西瓜送给小护士了，我自己坐在阳台上磨刀生闷气。

他说："我想喝皮蛋粥，你出去给我买。"

我说："不去不去，我这么有原则，凭什么你让我干什么我就干什么呀？"

他拿了100块钱给我，说："顺便买个肘子，给你吃。"

我拿着钱就跑了。

粥买回来，他问我找的钱呢，我说没找钱，粥就是100块钱一碗。

他气得差点咳晕过去，可我还是生气我那个西瓜。

出了医院，我拿着买粥剩下的96.5元，买了一大袋猫粮喂流浪猫。

"这是用你的钱做的好事，把德积你头上吧，快点好起来。"我在心里想。

后来没过多久他就活蹦乱跳地出院了，像个刚下锅的八爪鱼，没心没肺的，不皱眉，也不提旧事。

漫无目的地四处风流，交往的女朋友一个比一个小。

有一次我看着他和新女朋友的照片，心想，这个畜生！1999年的？！

这么小！！

他说，是呀，16 岁了。

我再次受到伤害，什么？？ 1999 年都 16 了。我以为才十二三，时间怎么过得这么快。

我不想说话，你比人家大 11 岁，你要不要脸？

他说，现在小姑娘都喜欢他这样的，他也没办法。

Silen 当过兵，有时他的雄性荷尔蒙确实散发到飞起。

但我看着那些嫩得出水的可爱姑娘，心想，果然好白菜都让猪拱了。

Silen 从来不和我细谈他的感情。

Silen 无奈："我倒想说，我说你听吗？"

我说："听你说你那堆破事，你给我多少钱？"

他语塞。

有一年秋天，Silen 感情受挫，没人见他哭过，他也从不和别人说，别人问起，他就说："不想了，我都忘了。"

可他心疼得受不了时在深夜发给我："我好想她。"

我说："我们出来看月亮。"

想了想又加了一句："顺便吃消夜，你请客。"

吃饱喝足，我们在阳台上坐了一整晚，我裹着毯子，Silen 烟灭烟起，没人说话。

我突然想，时间是什么呢？当最爱的人不在，什么都变得没有意义，我们可以抱着不爱的人说爱，却再也回不到那时光看着你眼睛里就洒出洒的光阴了，当你不在，时间算什么呢？一切都算什么呢？

Silen 在抽完第二包香烟时看着天，说："中秋前我想出去散散心。"

"嗯，也好。"

我们坐了一整晚，谁都没再说话。

我看着 Silen 眼前烟灰缸里满满的烟蒂，我不知道他经历了什么，每个人心里都有秘密。

我们总是这样，年轻的时候太诚恳，而长大之后我们又太不坦诚。

那一晚，我深知 Silen 难过得屁滚尿流，只得告诉他："树结疤的地方，就是它最坚强的地方。"

他灭了手里最后一根烟："算了，会过去的。"

我仰面望着天，叹了一口气：

"今晚没有月亮啊！"

二

周然和尽一分手的第二周，我陪她去周然那里收拾东西。

她完全不需要那些乱七八糟零零碎碎的东西，再去，只不过是想再见一面。

尽一跪在地板上，叠好的衣物、周然送她的小耳坠、她给他织到一半的围巾、他们第一次约会的电影票，都被她小心翼翼地放到箱子里。阳光打在她小小的身躯上，地板上被拉得长长的影子被周然踩在脚下。

周然立在门口，一句话不说。尽一抱着大箱子，一整箱回忆重得她摇摇欲坠。

周然说："还是朋友吧？"

尽一脸上闪过失望，顿了顿说："好。"

走出周然那里，尽一说："如果还爱着，怎么可能做朋友？他心里一点都没有我了，可我还在想他这些日子有没有好好吃饭，那个女人把他照顾得好不好。"

她看着外面的瓢泼大雨，面沉如水。

“子望，陪我淋完这场大雨再走吧。”

我说：“行，你等我先把美瞳摘了。”

我拥着尽一一起跑进那场大雨，不知道方向在哪儿，但肯定不是返回。

他们分手的第一周，我不知道尽一去了哪里，也没人知道，但尽一的手臂上多了一道伤疤，心里也多了一道，尽一的眼里多了很多秘密，我知道那些秘密像个炸弹，一提起就会炸开，洒出很多酸的苦的酒，让她失去理智，让她掉眼泪。

也许青春给你最后的礼物，就是一场措手不及的暴雨。有些人离开的那一天，整个青春就和你说了再见。

我不知道在雨里陪她走了多久，只知道从白天到晚上，我们在雨里唱啊、跳哇、闹哇，最后她疯狂地掉眼泪。

有些事情就在你心里生根发芽，扎得你呕出血来，你拔不掉，因为那是你身体的一部分，拔掉了你就死了。

事情回不到本来，就像破镜不能重圆，千里无法婵娟。

但你只要坦然承认：它结束了。可能这样一切就都会好一些。

尽一把头埋在我的肩膀上，哭到最后雨也没停。我不知道说什么，仰着头看天，叹了一口气：

“今晚没有月亮啊！”

三

文美的前男友文来和小三要修成正果了，十一结婚。文美买了机票去国外散心，沈从也跟着去了，前后脚的事。

我说：“你跟着去干吗呀？”

沈从说：“怕文美一个人在外面不安全。”

我说：“文美手上随便一个戒指就能换10个保镖，白富美能不安全吗？哦，是挺不安全的。”

沈从说：“保镖知道她爱吃什么吗，保镖知道她对什么过敏，用什么牌子的化妆品吗？”

我说：“文美爱吃肘子呀，要不然就是烤鸭，皮烤得嘎嘣脆，点糖蘸酱那种。”靠，说饿了。

沈从说：“你以为都跟你一样啊！”

我说：“烤鸭和肘子这么好吃，我想不通为什么文美不爱吃。”

沈从说：“我还想不通我这么好，文美为什么不喜欢我呢！”

我一时语塞。

“她没不喜欢你，她只是需要时间忘了文来。”我据理力争。

沈从说：“算了，我没想勉强她什么，我只是想她累的时候可以有个肩膀靠一靠，下雨的时候有人给她遮一遮雨，我希望这个人恰好是我。我希望她每天早晨醒来时，眼睛里不是带不走的疲倦，而是有一些光，我希望那点光恰好是我。”

我挂了沈从的电话，给文美发了一段话：

“有些事情最后不是你也没关系，你们在最好的年纪，都郑重其事地送过对方一程。不要步步回头，老天送了另外一束光给你，月亮在前面。”

爱情就是这样，爱了，不爱了，得到了，失去了，厌烦了，沉迷了……

哎呀，烦，人类真蠢。

我站在阳台上看着刚飞过的飞机，不知道文美会不会在上面。

走进房间，又走出来，呆呆地望着天，叹了一口气：

“今晚没有月亮啊！”

四

这些故事的零零碎碎拼成我整个青春，我活在每个故事里。

听过一句话，随着成熟，人的长句可以变为短句，废话可以变为沉默。只是鲜有热泪盈眶，鲜有不得不说，一切都可以与黑夜一起沉下去。

每个人心里都有秘密，有些事情我没能陪你经历，有些雨我没来得及陪你等到彩虹，但我终究会陪你走下去，哪怕周围再如何人事变迁。什么爱呀、恨哪、债呀、心魔呀、情种呀，都是没用到边儿的东西，看看月亮，就什么都忘了。

有一天晚上我突然意识到，怎么会没有月亮呢？月亮一直就在那里呀，只是我看不到罢了，或许是住楼的方向恰好背对月亮，或许是云遮住了，但只要我们出去走一走，或者多等一等，一定会看到月亮的。

好几年的中秋，我都没有看到月亮。可能未来的某一天，当我抬头，正好看到我的月亮，它可能略有抱歉：“对不起，让你久等了。”

所以朋友，如果可以，
下一个中秋，你可不可以在我身边，陪我看月亮？

孤独

有一段时间，是人生最不缺孤独的时刻。

孤独到什么样呢

路上碰到很久没见的朋友、同学，或者其他什么人

都会问一句

“一会儿有什么安排，方便借点时间给我一起吃个饭吗？”

可能也没什么聊的

就是想吃饭的时候旁边有个人

点菜的时候还能多点一道想吃的

想说话的时候，跑到楼下

找一个乘凉的老人
从哪家水果摊更便宜实惠
到我的家乡
到一些迷茫
一些感情或工作的琐碎

我知道，讲完他就不记得我
我也知道
我这些鸡毛蒜皮的孤单几十年后也会演变成他眼底里的淡然

说真的，当我发现我能和一个耳背的老奶奶讲一下午时
我发现
这根本不是孤单
是内心空虚
发呆时都不知道想谁的那种空虚

刚来这个陌生城市时
新鲜感充斥，一切都肆无忌惮

跨过大半个城市去喝一杯杧果汁
深夜的大雨一场不落地跑出去淋

蹭着路灯的微黄灯光落下的雨最好看

其次是叶子上的

然后是我脸上的

全身淋个通透

回家彻彻底底洗干净

开罐饮料

抱着拼图

坐在阳台上

看桥上的车子川流不息

电台里的五月天用全部回忆唱着

“突然好想你，你会在哪里”

我突然明白了

最孤独的就是

这么长久的日夜

白天的发呆或是夜的辗转反侧

都不知道该想谁

我仿佛比那些有着思念的人，浪费了更多的时间

没有可以想念的人

没有可以寄托这些感情的人

连发呆的资格都没有

于是

这么多日夜

我开始想家

我想那些漂泊在外的人

也都是这样的吧

想到这里

然后

继续开始一整晚的失眠

深情，辜负，平静

时间仁慈，一视同仁，静静流淌。我们看似疯狂的岁月里，到处都是隐忍而腥甜的气息。你用满腔深情，换回他十倍辜负，你发誓要拿着斧子砍死那对狗男女，但你却坐在雨里，听着大雨劈头盖脸地告诉你：“算了吧，人家缘分到了，你再怎么努力也没有用，对的人不是你。”

每个人都会有这么一个夜晚，无数愤怒、不甘、心痛最后都默不作声地化为成全。

那天之后，你才是真正成熟了。

那天之后，你再也没做过满腹深情这种傻事。

认识文美是在两年前。

当时在那家快餐店里，她边吃边哭，鼻涕闪闪发亮，都快流到饭里了，我在她身上看到了不可多得的良好品质，都哭成那样了，还能坚持吃，有毅力，这个朋友值得交。我实在看不下去，端着自己的排骨套餐坐到她对面，纸巾递到面前："别哭了姑娘，正好我也不开心，不想一个人吃饭，我们一起吃。"

她把晶莹剔透的大鼻涕吸回鼻腔里，怔怔地看着我。

"你叫什么？"我问。

"我叫文美。"

"噗，你名字这么土你家里人也不管管，我叫章伟。"

文美被我逗笑了，大鼻涕又从鼻腔里喷出来，我赶紧拿纸堵住。

"我男朋友在附近上班，他叫文来。"

"等等，你和他在一起不会是因为名字像吧？"

"嗯，还真是，我比较相信缘分这东西，而且我们一恋就是八年。"

文美父亲开连锁店，我所在的这座城市有三家分店，是个不折不扣的富二代。男朋友毕业后不到一年时间从基层升到经理，她有时会来等他下班。今天他说忙，要开会，文美还是化了淡妆，穿着红裙，踩着高跟鞋来了。我看到她放在桌上的礼物，"今天七夕呀！"她说，眼睛里闪烁着失望的光芒。"我就这样唐突地来找他，可公司说他下午就走了。"

女人可怕的第六感，讲到这里，我和她都明了事情的走向。

那是她告别八年恋情的第一天，文美说她两个月前就有所察觉，但觉得睁一只眼闭一只眼总会过去的，从第一次他在厕所的小声电话，到他发丝里若隐若现的陌生而暧昧的气味，她越来越敏感，无数个夜晚，她心痛得要发狂，但这些都只有她一个人知道。

出了公司，眼泪掉下来，她低着头，心里想，靠，累了，好饿。然后径直走向马路对面这家快餐店。

文美发给他："我们分手吧。"

"好。"那边答得简洁干脆，仿佛不知道等这句话等了多久。

文美所相信的缘分，只是她的一厢情愿。

"我本来会原谅他的一切，但他不会回来了，回不来了。"

文美把手边的礼物推到我面前："送你吧，当作见面礼。"

我打开，是条男士领带。我把礼物推回到她面前，指着她盘子里的鸡腿："喏，跟你换。"

那天之后，文美以失恋的名义蹭了我七顿饭和九场电影。

《被偷走的那五年》我陪她看了三遍，烧钱，一样的情节，她每次都哭得稀里哗啦，我说："不如咱们看战争片吧，徒手撕鬼子，多爽！"

她不开心，我知道。

我说："文美，走啊，我们去看大海呀。"她欢呼雀跃地准备帐篷、毯子，还有一大堆零食，开着她那辆新车在我家楼下大喊："子望！家当我都准备好了，我们可以出发了！"我开窗看到她那辆闪闪发光的大宝马，头点得像哈巴狗一样："走走走！"

车过隧道，电台里放着王杰的那首《安妮》。

"事到如今，不能埋怨你，只恨我，不能抗拒命运……安妮，我不能失去你，安妮，我无法忘记你。"

文美重复那句："是呀，我不能忘记你。"

她回过神，说："过两天我拿到驾照我们就可以去更远一点的地方了。"

我说："好呀好呀！"然后愣了几秒问她："那你的意思是……你现在没有驾照？"

文美一脸冷漠："是。"

我抱紧自己，在蹭蹭上涨的车速里挤出眼泪："文美，你不能让我陪你死呀！你能不能开慢点？我家门口那家刨冰的口味我还没吃全呢！我不能死呀！"

坐在宝马里面哭和坐在自行车后面笑，毫无疑问，如果可以，我选择后者。

我任鼻涕眼泪在脸上驰骋，把自己抱得更紧。

文美看着我：“你在做什么？”

“我在拥抱生命。”

车从极速到平稳到她泪流满面地停在路边，文美像极了一个泄了气的轮胎，一开始用尽了所有力气，磨损消耗太大，到后面就再也跑不起来了。

文来有再找过她。

“我知道他是不得已，公司是我家的，他怕我们分手会让他职位不保，他来找我，并不是还爱我，我知道的。”

文美告诉家里所有人他们是和平分手，对文来劈腿只字未提，白天嘻嘻哈哈地吃饭逛街，每当暮色降临，她就痛得弯下腰来，蜷缩在生命里最黑暗的角落。

“他是对我不起，但那份工作确实是他靠自己的努力走到今天，我没帮过他什么，所以也没权利剥夺他什么。感情归感情，我不会把其他事混为一谈，他想和那个女人好好过，总要有个稳定的工作。毕竟爱了八年，爱情之外还有一些家人的感情，好聚好散吧。”

我看着她，海风吹散她的头发，看不见她的表情，有些心疼，鼻子发酸，顺手扯过毯子，全裹在她身上："冷，给你盖。"

突然想起一句话："是你慷慨，予我岁月如歌，却也吝啬，让我爱而不得。"

"文美，你是个好姑娘。"

"谁要做好姑娘！我只想做他那个对的人。"

我把文美的头靠在我的肩膀上，听她的眼泪打湿我的衣裳。

文美哽咽着："每个人都在找那个对的人，却没想过成为那个对的人，我们太累了，不停地找，不停地寻，不停地离别，再离别，可是……我一直就在这里呀！"

那天晚上，我一句话也说不出，默默地坐在那里一整晚，她枕着我的腿哭累了就睡着了，身后的帐篷里静静地躺着零食，我喝着海风，望着大海，想象着各种海鲜在里面清蒸、爆炒的样子，心想，靠，真饿。

第二天，文美严重落枕，我严重偏头痛，重感冒一周。

有时候，我们并不是真的想祝对方幸福，而是你无力改变他不再爱你的那个事实，所以最后，感情的百般无奈变成你口中轻轻吐出的那句“顺其自然”，心中的万千沮丧都化为你看似仁慈却无奈的“成全”，文美再没找过他。

一个月后，文美坐在地板上拼那幅文来曾经送给她的拼图，以前没拼，文来说，以后有家了，会和她一起拼。文美手机嗡嗡作响，她接起，我听到那边几乎要暴走的声音：“你和你家里说什么了？你知不知道这份工作对我多重要？你这样做还要不要脸？八年了，我竟不知道你是这么卑鄙无耻的人！”

我气得想从电话这边钻过去撕烂他的嘴巴。

文来沉迷于新恋情，大半时间顾不上工作，导致工作出现漏洞，店里出现大额亏损，这么大的失误，理应革职，文美对此一概不知，文来却反过来责备，到底是谁无耻？

文美眼泪大滴地掉在地板上：“子望你看，这拼图怎么就拼不好了呢？”

2014年秋，文美在家人介绍下与沈从相恋。沈从性格成熟、稳重、包容，各领域都懂一点，聊天从不会冷场。文美要去哪里，沈从会提前一周帮她处理好一切问题，路线、机票，甚至更改手机漫游及随身 Wi-Fi 这些琐碎事他都会考虑到。

文美偶尔还是会拼那幅拼图，沈从坐在旁边陪她一整晚，拼好的那天，沈从把它裱在镜框里挂在墙上，文美回到家看到，想起过往，悲伤涌上心头，摘下狠狠摔在地上："我不要拼好它，我不要拼好它，怎么办，沈从，你买一幅新的给我好不好，能不能帮我扔掉它，你帮我，你帮我开始新生活好不好？"

沈从抱紧哭得浑身颤抖的文美，像把她的一切悲伤都紧紧裹在怀里："我一直就在这里呀。"

后来文美和我说："不出意外的话，就是他了吧。"

2015 年 8 月 12 日天津发生爆炸，家乡有事，彻夜未眠。我打给在家乡的文美，她和沈从一大早就随义工队赶往事发点，并告诉我部分道路已封堵，回来也没有用，有情况她会通知我。我说那好，我订好过阵子回去的机票，直接去医院看护伤员，该照顾的照顾，该捐助的捐助。

隔天下午，文美打给我："子望，你猜我昨天看见谁了？"

"不知道。"

“文来。他也来做志愿者。”

“然后呢？”

“我昨天一天都在想，我们这一辈子到底有多少遗憾的事，没来得及去想去的地方，没来得及见最爱的人一面，我们还有多少机会和勇气？”

“说重点。”

“文来昨天晚上约我见面，我去了。他订婚了，说真的，他们能修成正果，我祝他幸福。”

“很好，Happy ending。”

“沈从和我分手了。”

“你这个疯女人！我飞过去打断你的腿信不信？！”

“是沈从，不是我。”

沈从在文美和文来对视的那一秒，就知道，那个男人的位置是谁也不能替代的。文美那天看了这么多生离死别，她想象着自己在生命的最后一秒，最想再见的人竟然是文来，文来却在这时搬着一箱矿泉水站在她的对面说：“好久不见了。”

有句话说得好，眼睛看不见，心里自然无爱。一旦看见了，感情的洪水就像蓄势待发的猛兽。文美哽咽着，眼睛再也离不开这个她曾经爱了那么久的男人，沈从在文美眼里看不到自己的位置，拍拍她的肩膀：“我知道，感情这种事勉强不得。”

沈从走了，留下那份一如既往的成熟的温柔，或许以后再也不会出现。

以前听人说，女孩没有真正的爱情，谁对她好她就跟谁走了，谁在她的岁月里留下最深的烙印，她就会在最深的心里记他一辈子，不知道是不是真的。

文美说，心里有另外一个人，就不能开始另一段感情，她从未忘记文来，她对不起沈从，这是对沈从的不公平。有些人从转身离开的那一刻就和你再也没有关系了，你不必恨他，也不必爱他，从前希望他好好吃饭，好好生活，现在只希望，他再也不要出现在你面前，一手筑起的防线，在他出现的那一刻，全部崩塌了。

如果这世上没有辜负就好了，如果我在年少时予你的那场疯狂的深情，换回的不是十倍的辜负就好了。如果可以，我会万死不辞，我会无怨无悔，只要我们在一起。

世上哪有这么多如果。

我告诉文美，我陪你去看大海吧。

2015 年 8 月 20 日，七夕。

朋友，愿你现在或以后所爱之人，会用一生回你那份深情。

朋友，送你八月长安写的一句话：

愿你一生努力，一生被爱，想要的都拥有，得不到的都释怀。

比绝望更绝望的事

世界毁灭了

只剩我

我坐在废墟上看最后一刻的夕阳

周围一点生命的迹象都没有

眼睛越来越模糊

还有什么比这样等死更绝望的呢

这时

夕阳的余晖下另一个人影朝我走来

是你

我喜出望外

我们一起看这夕阳

我问你，我们要去哪里过这最后的时光

你说，去找她

可你都知道，只剩我们俩了

我看你的背影，你说若是你也死了，就让我把你和她葬在一起

我看着你的背影

心里想

这次

真的是世界末日了

还有什么比等死更绝望的呢

是看着你的背影

世上最好的猫咪

我觉得我有世界上最好的猫咪

虽然有的时候丑了点

但是这么久以来

我的身上

连一条红色的抓痕都没有，我不需要给它剪指甲，因为它根本不会伤害我

它不吵我，也不闹我，只是安安静静地陪着

早上陪我的是它，晚上睡前也是它，有时下雨，我一晚上听着它均匀的呼吸声，就会安心一点

它很黏人，要一直抱着，我刷牙的时候，它就挂在我的腿上；我不开心的时候，它就枕在我的旁边

在这个世界上，有一种长长久久、生生不息的陪伴

一开始我想，不取名字了吧

万一……

它以后跑了呢

而现在我只想

希望你永远都不要走

欲将沉醉换悲凉，清歌莫断肠

昨晚S失恋喝得烂醉如泥，非要我到沈从家和他下棋，我无奈只好让着他，毕竟上次赢了他，他就借着酒疯一哭二闹三上吊说我伤了他的尊严，要讹我的钱。

其间，他问我，你们为什么不安慰我，我说你若是来寻安慰也不会找我来了，你知道安慰人的话我是一句也不会说的。他苦笑道，要是自愈能力及你一半便好了。我说看棋吧，我快要将你了。

他眯着眼，挑着眉，抹了下脸上的泪痕，本来一副俊朗面孔，活脱儿变成一个颓靡醉鬼，吐出的一字一句都弥漫着感情散尽的味道："你要是能赢我，我就再送你一副水晶象棋！"

我深知醉鬼的话是不能当真的，不然我早就发达了。就拿上次来说，他说要送一个玉观音给我，保我平安，结果他兴奋地送了一个夜明蜡笔小新挂在我包上，说晚上闪闪发亮很漂亮。保不保平安我不知道，我只知道这东西在漆黑的夜晚格外引人注目，或许还会招来色狼。哦，还有上次他在庆功宴喝醉，打电话说给我买了玉白菜，要我摆在家里彰显富贵，我下了楼，他羞涩地拿出那沾有菜汤的娃娃菜，让我摆在玻璃橱窗里。所以他今天口中的水晶象棋，明天就会变成玻璃球。

迫于无奈，我不得不将了他，因为他用他的车斜着吃了我的马，我不想再解释这不是国际象棋了，也不想再说他的车不能当后使，更不想提他一上来王车易位的事了。

S 没哭也没闹，只说她不要他了。我嗯了一声，转身给他倒水，我知道云开月明，夜寒心凉，某些人的话匣子也该开了。

沈从收拾了棋盘，浇了花，坐在阳台上不说话，我看着他的背影也不知道他什么时候能好起来，其间 S 问我你在听吗，我应声回答。他时而哭时而笑，时而累了哼几句不成调的曲子，继而沉默不言。他躺在沙发上看着沈从："今晚我睡在这里可以吗？"

他说不行，今晚她要回来。他说你开什么玩笑，沈从笑着说，你也知道有些人不会回来，这道理于你于我都一样，只不过她是心一直没在我这儿。S 大吼一句：“你的病都是自己憋出来的！”之后就夺门而出了。

拿出手机想说些安慰他的话，无奈词穷，只说了句：“欲将沉醉换悲凉，清歌莫断肠。”

沈从靠着床沿，一片两片青叶，三枝五枝树条，一汪明月，几点虫鸣，一个远在他乡的人对他念道：“欲将沉醉换悲凉，清歌已断肠。”

QUES

seum
美術館
n Glass Museum Shop
ミュージアム・ショップ

彩虹的传说

“听说彩虹的尽头有宝藏。”

他躺在床上看着外面淅淅沥沥的雨，手指抚摸过我的头发。

我趴在他的胸膛，听着他的心跳。

“可是我也听过另一个传说，彩虹横跨江水时，用一个全心全意爱你的人的性命，可以换取一辈子的荣华富贵。”

他揉乱我的头发。

“你呀，总是听这些奇奇怪怪的事情。”

“反正我也是乱说给你听的。”

“你应该听我的，相信美好，彩虹的尽头有宝藏，我们找到宝藏，然后过上无忧无虑的日子。”

我忽然有些憧憬：

“雨停了，我们出去看彩虹吧。”

不知怎的，那天的彩虹格外清晰

我们开车一路穿过繁华的市中心

穿过熙熙攘攘的人群

来到只有我们两个人的地方

好像到了彩虹的尽头就真的可以找到宝藏

然后我们永远在一起

至少

在他把我推入江水的前一秒我都这么觉得

他的传说都是假的

而我讲的

才是真的

最后一眼

是那浩浩荡荡的江水把我吞没

我收回思绪，回过神

面前的这个男人喝了口柠檬水

他望着我，问

“亲爱的，你刚才在想什么”

我看了眼被他喝空的杯子，歪头问他

“没什么，你有没有听过关于彩虹的传说”

他的瞳孔瞬间放大，眼神里充满不可置信，而后倒地

我像很多年前那样埋在他的胸膛上

“扑通”

“扑通”

“扑通、扑通……”

“扑通……扑通……”

“……”

直至停止

那一刻

外面的雨下得浩浩荡荡

小倉仙翁
おぐらせんのう
(ナデシコ科)
Ogura Sennō
(Lychnis kiusiana Makino)
가는동자꽃

最好的爱情

我今天看了一部电影，叫《亲爱的，不要跨过那条江》，讲述的是一对爷爷奶奶 1976 年的爱情故事。

说真的，我爱看科幻片、灾难片、战争片，唯独不爱看爱情片。记得有一次我在电影院看二战题材的电影，硬生生地插进去一段军人和一个姑娘的爱情，我当时就觉得这个片子毁了，主线讲战友情不好吗，打好好的仗，谈什么恋爱？

朋友讲，你怎么不相信爱情呢？我不是不相信爱情，就像这部纪录片里的感情少之又少，相不相信爱情要一辈子过完，闭上眼睛那一刻才有资格说，我遇到了，我体验过了，真的有人扶持一生互相走过了，我才相信。我没遇到，就不会向往，就像我以前没吃过肘子的时候也不会半夜想吃得哭出声来。

不知道以后会爱上什么人，会嫁给什么人，会和哪种人过余下的日子，但是希望是那种让我感受到一生太短暂了的人，而不是像现在，每天空空地看着外面想，一辈子怎么这么长。

应该是那种，他做什么我都觉得很有趣，我做什么浪漫的小事他都会开心，而不是觉得“你怎么是这么矫情的人”，是吧？

我没在等，所有的等待都没有什么意义，就像我昨天关紧门窗等着最强台风来袭的时候，没想到它没有如期而至，反而给了我一个最美的晚霞。

最好的爱情是：

“我遇见你，我记得你，你天生就适合我的灵魂。”

尘归尘，土归土

今天在外当着众人的面被数落一顿之后夺门而出，在路上莫名其妙地就流了眼泪，或许是积压了太久，或许是觉得自己太久没哭，为了自己的健康（科学证明，哭能增加肺活量，有助于血液循环和新陈代谢）。我打了出租车，是一个老司机，为了避免我哭哭啼啼的尴尬，我给 S 打了电话，那厮正在午睡，一听是我，干笑两声，说："您 20 年也不给我打一个电话，今天这是怎么了？"我想了想最近还真是没给他打过电话，总是只言片语的信息，我流着眼泪，带着哭腔地说道："最近想起来一些小时候好玩的事，要听吗？"

小时候妈妈梦见过世的外公要街对面的那片地，那块被后人用红砖砌起来的墙和锈迹斑斑的铁门隔起来的地。于是第二天妈妈用很多年的

积蓄买下了那片地，接过地契，砸开锈死的大锁，1000 多平方米的地被杂枝乱草的植物填满，前门通巷，后路接河。

那荒废了几十年的地皮藏满了蛇鼠等一些动植物，我们砍掉杂树，只留后院一棵桃树，那树长得茂密至极，有上百年了，我甚至怀疑砍一斧会流出血来，树精不都是这样的吗？至今我也没再见到过枝干可以长到这么粗壮的桃树。

你会经常看到地上蜕掉的蛇皮，那附近一定有蛇洞，我们抓了蛇和刺猬，老人告诉我们要善待它们，于是在河附近重新掏了洞放入其中，一切准备就绪，准备搭屋建房。

那时，看着工人和大人们忙前忙后，而我就坐在枝繁叶茂的桃树上，顺着桃树可以爬到刚建好的房屋屋顶，我经常一不小心踩漏了要舅舅重补。有时做错事难免逃不掉一顿责骂，我就爬到这棵树上藏起来，它茂密的枝叶挡住我身体的每一寸肌肤，很有安全感。下雨的时候桃树会长出一层剔透的树胶，我用它粘过鞋、纸张，还有我弄断了的小凳子腿。我拿着粘好的物品拍着它的树干说：“大树你看，是你修好它的，你真棒！”到现在我也觉得那时，如果它有臂膀，一定会揽我入怀。

后来冬天，它的叶子掉得很光，我坐在上面视野很开阔，甚至可以隔过前院看到街上拉煤走过的工人。姥姥从屋子里出来一眼就可以看到我坐在桃树上，说大树为了让我们看到叶子把叶子都掉光了，我说不对，它是因为难过，夏天过去，人们不再需要它成荫了，人们需要阳光，所以它掉光了叶子为了不阻挡人们的阳光。

后来的我总是想着书里讲的那样“繁华尽处，寻一无人山谷，建一木制小屋，铺一青石小路，与你晨钟暮鼓，安之若素”。我想要把这棵树迁至我以后的院子，让它感受我藏在那里的安全感。

我们晚上会围在还没盖好屋顶的房里看星星，路上时不时开过一辆超重的大货车，震得地都摇晃起来了。哥哥时常说地下的怪东西要出来把你们抓走啦！每当这时，弟弟就会爬上我的摇椅与我挤在一起。

白天我收集了各种蝴蝶标本，那时没有蝶网，用手抓，向来无误，后来觉得那一个个玻璃盒中的蝴蝶没有落在花朵上漂亮，便也不再抓了。

有一次和弟弟在院子里的沙堆里比赛挖宝藏，挖出来一颗一颗沾有沙粒的石头，我们称之为宝石，谁找到的又大又多谁就赢了。后来妈妈告诉我们那是猫屎，我们扫兴地扔掉我们的“宝石”转身找蛇洞去了。

记得房子盖得差不多时，我在空空如也的大车间和弟弟玩球，发现新铺的整齐红砖有几块被撬了起来，原本的位置填满一团塑料袋，一摸还会动，拿起来仔细斟酌，原来是一只全身裹满塑料袋的小刺猬。这小家伙，裹得红红绿绿煞是可爱。我问它，谁给你做的新棉袄哇！这小家伙，还沉浸在冬眠中呢，我在河岸附近重新给它掏了洞，放入其中，不知来年回暖时它会不会觉得自己做了一个梦。我望着这没有护栏的河，听说淹死过不少人，弟弟牵着我的手，我学着大人的样子说，以后你要离这河远一些。为什么？因为你属鼠，老鼠是会被淹死的。现在想想自己那时荒诞极了。

我和S说着，老司机从车内后视镜看着我，我看向后视镜，眼神做了个交流，老司机说，别哭了，孩子，看着我心里不好受，说着递给我一包纸巾。我想他一定想起自己孩子受了委屈的样子。S饶有兴趣地问着，你哭了吗，我想着自己一定毁了在他心里坚毅的形象，说了句没有就匆匆挂了电话。突然很想母亲，抹干眼泪让车开往去处。

在母亲那儿吃了整整两碗的炖肉，一口干粮未食竟然就这样填饱了肚子，吃完后怕自己眼泪不争气，匆匆而去。

晚上回到家，肚子有些不舒服，回头一想，这是吃撑的感觉，我想如果我一直和母亲生活在一起，一定是一个白胖白胖的大福娃形象。S站在门口等我，扫了我一眼说："你不是挺好的吗？我还想见见你梨花带雨的样儿呢！"说完打了个寒战匆匆钻进屋，看来等了有一会儿了。

我坐在自己的房间里，隔一段时间就走过客厅去洗脸，S一边看着电视一边问我是不是尿频，我没有理他，回房间翻了很久的柜子，找出一件我从没穿过的衣服套在身上，觉得温暖极了。S在我第N次去洗手间时拦下了我，他问："你穿的什么？"我看着自己的衣服，上身毛衣盖过臀部，下面裤角堆叠在脚腕处。我抬眼看着他，觉得那时我一定笑得自豪而温暖：“小时候我妈给我织的毛衣，是大了些，她说我以后长大时就可以穿了。我还有几件，都是我妈给我织的，有上初中穿的，还有高中。可我忘记穿它们了。一定是因为忘记穿了，所以才不合身。”我进了洗手间洗脸，S 推开门问，你在干什么，我说你没看到吗？我在洗脸。抬起头满面水珠，正对上他的眼。

他说，你在流泪。

后来父亲给我打了电话说奶奶很想我，我拿起外套走到门口冲着 S 说：“你这个人天天没事做吗？总缠着我干什么？再不出来就把你锁死在里面！”S 关了电视像条泥鳅一样地从门缝滑出来，笑眼桃花，说：“你没事了就好。”

到了奶奶家，父亲说：“我给你熬了梨水，快喝吧。”我想起自己嗓子发炎，经过一天的奔波竟说不出话来。我想起母亲炖的肉和父亲熬的梨汤都是我的最爱，只不过母爱油腻，父爱清淡。

奶奶仿佛睡得更早了，早早地上床看着我好像要说些什么，我关了灯，躺在奶奶旁边，听着老人均匀的呼吸声我甚至以为她已经睡熟，可不久奶奶就拍着我的后背发出哽咽，说：“孩子，今天是不是在外面受委屈了？”

我说没关系的，睡吧。以前听过一句话，我们避而不谈的东西像极了我们自己，而现在，我明白，我们避而不谈的东西，就是我们自己。

天知道我发生了什么，要这么多人心疼我。

清早奶奶给我做了面汤，说阴天里吃面汤身子会很暖，我尝了一口，又忘记放盐了，随后说："嗯，好吃。"

抬眼看向窗外，打开窗，冷气吸入口中变成白色雾气，有雪花飘进眼睛里。

你看，下雪了。

你看，我流泪了。

天知道为什么，或许是因为那棵桃树死了吧，不知道它归尘入土的来世，还愿不愿陪我一起长大。

妈，新年快乐

去年的现在，也是如现在一样

随着城市发出声嘶力竭的倒数呐喊

我在飞机上

奔赴一个没有家的远方

过去的这一年

你过得真的好吗

倒数过后，还是回到一个人空荡荡的家吗

倒数过后，最爱的人有出现在你身边吗

没有

但还好，这一年

飞得高了

走得累了

终究是离那个该回家的日子不远了

书里的句子正好停在这里

“它们说：飞得高有什么用呢

饿的时候

就会落下来”

确实这样啊

飞得越远，妈妈做的饭就越珍贵

吃一口，都会落下泪来

不知道什么时候起

心里没有情人，只有母亲

5！ 4！ 3！ 2！ 1！

我仿佛听到人们狂欢、大喊

飞机起飞前，我发给她

“妈，新年快乐”！

爱人的方式

每个人爱人的方式都不同。

我比较内敛，没有大张旗鼓地表白，也没有肆无忌惮地流于表面。

有一段时间，我总是拍下每天的云和夕阳送给你。

“你看，今天的云好大片。”

“你看，今天的晚霞比以往的要红一些。”

“本来我今天等了一天的台风，没想到却迎来了广州这一年最美的夕阳，送给你。”

“你看，这朵云好像你，你看哪，这是眼睛、鼻子，喏，这里是嘴巴。”

你看哪

你看

我给你的这些照片

不是风景

是语言

张张写满我爱你

这些

都是我爱你的方式

如果春天要来

鸿雁往返，迤逦青山，春天总会来的。

有一天我懒得出去吃饭，在家灌水饱，喝到杯底的柠檬片，酸得直蹦，突然想起一个叫柠檬的姑娘。

我俩交集不多，我每叫她一次，就满腮帮子冒酸水，说真的，要不是因为她这个名字，我琢磨着上学那会儿还能跟她走得更近点。

因为我打小不爱吃酸。

柠檬以前住在我隔壁宿舍，大学快毕业那会儿，大伙实习的实习，打工的打工，当然还有一部分搬出去和男朋友住了，就我一个人在空荡荡的宿舍嚼锅巴片，一嚼嚼一天。

去水房打个水的工夫，看见柠檬蹲那儿哇哇大吐，一边吐一边哭。

我过去问："你没事吧？你等着，我给你去买瓶矿泉水啊……"

她含满一大口水，咕噜咕噜漱口，坐在地上扯着袖子擦干净鼻涕和眼泪。

我在旁边看得目瞪口呆。

太接地气了这姑娘。

她站起来冲着我笑，笑得牙龈根都露出来了："我没事，肚子里有宝宝啦！过段时间就好了。"

我脑子里想，啥？怀孕了？我这刚还在宿舍抄作业呢，你都这么高级了？

我在心里叨咕，也是，他们那儿结婚早，二十一二，又不违法。

后来我在宿舍楼下见过她老公，笑得蛮憨的，一个人高马大的内蒙古男人，咬肌特别发达，吓得我很长一段时间都不敢嚼锅巴，怕嚼成他那样。

她老公递给我一包内蒙古酸奶片，我摆摆手：

"不要啦，我打小不爱吃酸。"

毕业之后大家各忙各的，散落各地。

今年上半年我回家时在商场给奶奶买衣服，正巧碰到柠檬在专柜当售货员。

我说："好久不见哪孩儿她妈！你几点下班哪？"

她笑得牙龈根都露出来了，发自内心的那种开心："欸！子望！！好久没见了！我快下班了，还有半小时。"

我："那正好，一会儿我们买完衣服过来带你去吃饭，你来，我奶奶喜欢热闹。”

柠檬特别开心，还用自己的员工卡给我们买的东西打了个折。

吃饭时，我问她毕业后怎么没回老家。她说那时孩子刚生，不好带着到处走，她老公在这儿想尽办法赚钱养她们，日子过得穷点她从来没抱怨过一句，总把笑挂脸上，挺知足，家里有她就是甜的，柠檬老公有时赚不到钱急得眉头一直皱着，柠檬也急，但抱怨有什么用呢？

她时常抱着孩子逗他笑：“哎哟！爸爸一直皱着眉可怎么好呢！这样会不会老得快呀！宝宝不认识爸爸了！爸爸别皱眉啦！家里不是还有米吗？”

她体谅，老公也对得起她，情人节时天不亮就去花市批发玫瑰，下午蹲电影院门口卖，一蹲蹲到半夜，脚都冻麻了，最后留两朵死活不卖，回去一朵送给柠檬，一朵送给他那几个月的闺女。她老公当过服务员，发过传单，摆摊卖过刨冰，能赚一点是一点，说什么也舍不得让刚生完孩子的柠檬出去上班。

我感慨道：“你老公真是个好男人，早知道我早回来了，还能蹭口刨冰吃，我最喜欢吃刨冰了……”

第一年的冬天是他们最难熬的日子。

但如果春天要来，怎么都会来的。

柠檬在家带了大半年孩子，老公也找了稳定的工作，收入还不错，爸妈都接来，她这才出来找点事情做。

吃完饭，柠檬老公带着孩子来接她，柠檬笑得牙龈根都快露出来了。

我说："哎哟，当妈的人啦！怎么还笑得跟个小孩儿一样！"

柠檬说："子望，你不知道，我是真的开心，有人爱，有饭吃，还有什么不满足的。"

看他们笑得那么甜，不知道怎么，我突然想到快毕业那会儿柠檬蹲在那里一把鼻涕一把泪哇啦哇啦大吐的情景。

她那时受的苦，好在都没被辜负。

柠檬叫柠檬，但她的日子却是甜的。

我们年轻时，不一定肝肠寸断死去活来的才叫爱情，有些灵魂在柴米油盐中也能得到安放。

不管你遇到过什么难过的事，或者什么失败的感情，我都想讲里尔克的一句话给你听：

"好好忍耐，不要沮丧，

如果春天要来，

大地会使它一点一点地完成。"

不要沮丧，想要日子变甜，就努力感受一些好的事情。

鸿雁往返，迤逦青山。

春天总会来的。

万水千山陪你吃饭

有个朋友，以前我总带她出去吃饭，有钱时花我的，没钱就带她去蹭，她那时还上学没什么钱，但一直坚持轮流请客，我说那就石头剪刀布，谁输谁埋单。

她特别简单，每次都会习惯性出剪刀，所以吃贵的我就故意输给她，便宜的就赢她。

那年年底她过生日，穿了个小皮鞋嗒嗒嗒地来找我。

我拿了300块钱带她去旋转餐厅，一人一杯饮料，又点了个小点心就花完了，我走出那高楼，站在底下喝西北风，指着那高高的地方骂骂咧咧：

“这娇情的破地方，300块钱连水饱都没喝上！”

她在我耳边说：“子望，我没吃饱，我们去吃点别的吧。”

我说行。

后来 30 块钱吃沙县小吃，她请客，我撑得爹都不认了。

前阵子她结婚，她说，如果猜拳赢了要我准备一份大大的红包，如果输了就一分都不要带，带个嘴来吃饭就行了。

我说行。

那天她真漂亮，穿着小高跟鞋嗒嗒嗒地跑过来。我准备了很大的红包藏在身后。

她说："子望，我们来石头剪刀布。"

我按着她的习惯出了布。

可她那天，出的石头。

然后她悄悄把头埋在我耳边：

"子望，以前你故意请我吃了那么多好吃的饭，我也没带你吃过什么好吃的，今天可能是我人生中最好吃最开心的一顿饭，轮到我请你了，你一定要吃饱哇！"

我看着她的眼睛，亮晶晶的。

那天她真漂亮。

2016 年年末。

起大风，冻得我爹都不认了。

小区楼下尽是从楼上刮下来的内衣内裤，有的还带着衣架，三角的、平角的、A 罩、C 罩应有尽有。谁要是有闲心，估计捡吧捡吧都能摆个摊。

我随便踩了双布鞋，

跑下楼扎进沙县小吃里讨碗热汤。

喝完觉得不满足，零零散散又点了两份饭和小菜，吃了会儿，怎么也吃不完。

外面风越来越大，

突然想起那个朋友。

她说："子望，我也没带你吃过什么好吃的……"

我把头埋得低低的。

"和你吃的每一顿饭都好吃。"

我在心里说。

好奇心

我有个说来好也不好的毛病，
没什么好奇心。
我的书几乎没有看到结尾的，
电影也很少看到结局，
剧也追不完，
故事也听不下去，
归根结底，都觉得那是别人的故事。

我和朋友说这事的时候，她惊呼：
“天哪，那你为什么可以爱一个人很久？”
我想了想：“可能是因为我对别人没有好奇心。”

不得不承认，我挺无趣的。

朋友说："最近有个电影好好看！"

我说："嗯。"

她说："你不是应该问我什么电影吗？！"

朋友说："听说最近 ××× 和 ×× 闹掰了呀。"

我说："哦，那以后不能一起出来吃刨冰了呀。"

她说："你不是应该好奇她们为什么闹掰了吗？！"

……

当然，有时好奇心小也能作为我学习不好的理由。

"分子和原子的区别是什么？"

"氧化铜遇到稀硫酸会发生什么反应？"

"为什么凸透镜对光起会聚作用，凹透镜对光起发散作用？"

"洛伦兹力 F=QvB 公式如何推导出来的？"

关我什么事。

老师，我并不想知道。

我只想知道我想知道的。

快速解出数独的方法。

怎样在冬天也能培育出好吃的沙瓤西瓜。

肘子要几分火候才炖得好吃。

但好奇心小偶尔也有优点。

朋友分手了，哭着来找我，分手理由永远是，她不说，我不问。

有一天她忽然告诉我：“子望，你知道吗，难过时想找人陪，但又怕别人问东问西的，想到不开心的事，到最后每次都想到你，因为你都只会问我，想吃什么？想去哪儿？或者只是安静地做自己的事，闭口不提我不想谈及的事，我觉得很舒服，我觉得再难过的事都会好的，总会过去。”

以前很多时候，我也是有好奇心的。

但我不会让自己的好奇心成为伤害别人的工具。

一个经常秀恩爱的朋友突然删除了以往所有朋友圈，背起行囊，独身一人去看风景，你也不必穷追不舍地问：“分手了呀？为什么呀？”

你看，她都不提，想要更好地生活，决定坚强和忘记，你不为她开心吗？真的关心的话，说一句“现在你看到的风景真的很好看”就好了。

网络日益发达，人情日益冷漠。

有时不问也是一种温柔的保护。

钢笔

旅途漫漫，我望着车窗外。

“这支钢笔可以送给你吗？”

抬头正对上他的眼，整洁的制服，我注意到他手上的戒指闪闪发亮，那是一枚婚戒。

“哦？为什么呢？”我问道。

“这支钢笔是特意为你准备的，虽然我们没有见过。”

他眼神诚恳。

“那好，谢谢。”

我接过它。

这支钢笔很奇怪，上面刻着数字“10”。

“现在纪念品要送给每个乘客一支钢笔了吗？”

“不，我只送给你了。”

我充满疑惑。

他在我本子上留了电话号码便匆匆而去，我接过本子，注意到号码后面写了一排小字：

“帮帮我。”

回到家，我拨通电话。

“喂？我是今天你送我钢笔的那个人，我们……”

“我知道你会打给我。”

我还没说完他就打断我。然后，他接着说：

“或许你可以帮我找到我妹妹。”

“你妹妹？”

“是的，她在我25岁那年突然消失了，后来我生了一场大病，忘记了很多事，甚至连她的样子都不记得了。但我脑海里一直有这么一个姑娘。后来我女朋友，哦，也就是我现在的妻子告诉我，她是我的妹妹。算命的说我会遇到有缘人，每遇到一个，就送她一支钢笔，到第十个的时候，就能帮助我。”

“哦，原来是这样，那你还记得什么？”

我越发奇怪。

“我记得她手臂上有大面积的烫伤疤痕，她刚毕业时，说要为我烧人生中的第一顿饭，笨手笨脚的，烧开的油锅全部翻到了手臂上，我不该让她一个人做那些事的。”

“看来，你的妹妹……很爱你呀。”

我想到一些事情。

我接着说：

“如果我找到她，你希望我和她说些什么呢？”

“你帮我问她，她现在过得幸福吗？”

“嗯，我会帮你问的，那你呢？你过得幸福吗？”

我想起他的婚戒，应该是刚结婚不久吧。

“嗯，现在很幸福。”

我挂了电话。

脱下外衣，小臂的大面积伤疤在昏暗的灯光下显得尤其突兀。

打开盒子，把这支钢笔和之前的那九支放在了一起。

加上这支，正好十支。

缘分吗?

真奇妙，

可是你一点也不记得了。

他说：“嗯，现在很幸福。”

我收起眼泪，

你幸福就好了呀!

然后把床头摆放的婚纱照收进行李，

从此背道而驰。

每次晒太阳时，我都会想她

以前不记得谁和我说，晒15分钟太阳等于吃一个鸡蛋，所以每次天气好我就狂奔出去，好像晒不到太阳就吃亏了一样。

琦琦怀孕八个月的时候，床单上印着大风车，睡衣上面一株株草绿小树的图案，她换下衣服，两个奶在我面前乱晃。

我感叹："怀个孕胸变这么大？这都能抡到背上去了吧？"

她羞得背过身去。

六七年前，我第一次见她，我们住在一个宿舍，一块儿吃饭、睡觉、上课，她看着我在足球场上的背影欢呼雀跃：

“望儿，你跑起来真好看，像疯狗一样。”

我一运动起来，完全释放自我，完全忘记自己是公母雌雄，踢球时横冲直撞，摔一身伤，她总是跑过来给我抹湿答答的液体消炎，别说，那玩意儿还真管用，我问她是啥。

她在我耳边说完我差点飞起来踹她。

大爷的，我跟你们说她在我伤口上涂了一个学期的口水你们信吗？！

口水里还混着花生牛轧糖的味儿。

快毕业那会儿，她找的第一份兼职工作，中介上来就要她交 800 元押金，后来中介却怎么也联系不上了。

用脚后跟想都知道她被骗了。

她拆开一包牛轧糖，使劲嚼着不承认：“不会的，他们不会骗学生钱的，社会肯定是好人多。”

我说：“少吃点牛轧糖吧，脑仁都粘住了。”

我在床上躺着，看着风扇转哪转，想着她特别单纯认真的脸，想着去他的世界肮脏吧！我把它变成她以为的样子就好了。一咬牙！这个月不吃鸡蛋了，箭也不射了，肘子也戒了，拿了 800 块生活费偷偷打给她。

她圈转得龙飞凤舞，你看！钱这不是还回来了吗？我就知道人家不会骗我的，社会还是好人多。

我心里想，好个蛋！

没理她转身出去晒太阳，把没吃的鸡蛋都补回来。

预产期前去看她，她问我怎么又瘦了，于是每天都炖各种营养的汤给我喝，我说该补的是你，你给我催出来奶了有屁用。

有天一大早她蹲在阳台给我剥从老家新挖的花生，说要给我做牛轧糖。

我吓得蹦起来捶着沙发骂她："厉害死你了！你有本事腿再劈开点把孩子直接蹲出来！你怎么不蹲到地下车库去！谁要吃那挨天杀的牛轧糖！"

我真的想捶她，她挺着个大肚子，端着个小盘，贴在墙边，这么多年她总是怕我吃得不够，我鼻子发酸不敢看她，背过身去冲她吼：

"站过来些！墙边凉。"

她嬉皮笑脸的，我戳她几下脑袋，像戳我小时候养的第一只小狗一样。

她说："你尝尝，可好吃了……"

我说："吃个蛋！"

说真的，我真的不吃牛轧糖。

但那天临走时，我把她做的牛轧糖小心翼翼地塞进袋子里，后来在长途大巴上，在路过的城市里，在空荡荡的家中，每次想她了就拿出来一块，使劲嚼，嚼到差点把新补的牙粘掉，嚼到眼泪一颗颗掉下来。

这挨天杀的牛轧糖……

以前不记得谁和我说，晒 15 分钟太阳等于吃一个鸡蛋，所以每次天气好我就狂跑出去，好像晒不到太阳就吃亏了一样。

我突然想到六七年前，在食堂吃饭，我永远吃不够，她把自己的鸡蛋剥好塞到我嘴里，说着多吃点，说着以后她不在时要多晒太阳，晒太阳补钙，15 分钟等于吃一个鸡蛋。

这么多年，我欠她很多鸡蛋。

所以每次晒到太阳时，
我都会想她。
然而现在，
晒不到也会想她。

孩子的瞬间

如果喜欢一个人可以像小孩子一样娴熟地表达就好了。

一

以前去山区资助孩子的时候，走访其中一户，临走那个孩子的妹妹给了我一颗糖，她说：“姐姐，你明年还会来吗？”

后来我转年去别的山区了，隔了一年才回到那里。远远地看着那个孩子跑出来抱着一大罐糖：“姐姐你来啦，你看我这两年没舍得吃都存了这么多了，当时只有一颗糖，没能给你很多，姐姐你看，我都给你。”

后来过了这么多年，我再也没有听过比那更直接、更纯真的喜欢了。

二

我朋友家的孩子，5 岁，有一次我出她家门的时候，不小心被门夹脑袋了，是真的夹脑袋了，特别痛，痛得我蹲在那里掉眼泪。我朋友可能觉得我太好笑了就一直狂笑，她儿子说：“妈妈你这样做不对，如果你这样我也会很心疼你的。”

然后他就过来很心疼地轻轻摸我的头，亲我的眼泪，说：“我帮你吹吹，吹吹就不疼了。”

三

闺密的儿子，几乎是我看着长大的，很黏我。每次吃到好吃的都要问多少钱，她妈问他总问这干吗，他说他也想给子望买。

还是这个孩子，有一次我和他讲话，他一直躲我远远的，他自己讲话时还捂着鼻子和嘴巴，我问他：“子望姐姐今天口臭吗，你离我这么远干吗？”

他说感冒了怕传染给我，不想让我生病。

还有次我带他出去玩，他嘴里一直叨咕叨咕的，我说：“你念什么呢？咒语呀？”

他说：“你不是喜欢钢铁侠吗？我妈妈说这是他变身前念的咒语，

你没听出来吗？”我说：“钢铁侠变身不用念咒语，又不是美少女战士。”他突然很失落，说那他白学了，变不成钢铁侠我就不喜欢他了。

我说：“怎么会，你不是钢铁侠我也喜欢你呀。”他很开心地说：“那你能比喜欢钢铁侠更喜欢我吗，因为我最喜欢你了。”

然后我俩就莫名其妙地一起开心地手舞足蹈。

四

以前上学时冬天坐公交车，手扶在栏杆上，旁边的一个妈妈抱着个小男孩，我听到那个小男孩和他妈妈讲：“妈妈，这个姐姐的手都冻红了，我想给她焐焐手。”

然后他就搓了搓小手盖在我的手上……

五

小时候我和弟弟吵架，我仗着比他大有时还会揍他，但气得不行的时候我也会哭，每次我一哭他就不哭了，过来帮我擦眼泪，不管是谁的错都主动道歉：“姐姐，刚才是我做得不对，你不要哭了。”

有时大人问他：“你姐姐是不是打你了？”他还护着我说没有，还说：“女孩子打人能有多疼啊？我哭着玩的，你们不要说我姐姐。”

那时他好像还没上小学。

六

有一年在去日本的邮轮上，认识了一个小孩子，叫浅一。

停经福冈下船，我站在自动售货机前买水，由于贵，我就只给浅一买了一瓶饮料，他问我，你不喝吗，我说这里太贵了，一会儿我去吃饭的地方喝。

他走回去，踮着脚投币，说：“不知道你喜欢什么口味，我把这几个都买给你，女孩子要多喝一点水。”

浅一是一个社长的儿子，小小的，很有礼貌，也很有绅士风度，比如我带他去吃饭时他会先询问我想吃什么，比如他来房间找我时如果我在睡觉，他就一直坐在沙发上安静地等，电视也开得很小声，直到我醒来。

有一天晚上海上风浪很大，船晃得厉害，我很不舒服，一直吐，浅一让跟随自己的阿姨拿了晕船药给我，还送了爽口的水果，说不能一直不吃东西，转天早晨还担心地打电话问我有没有好点。

最后一晚船上狂欢 party，选一个 lucky boy 站在台上全员一起围着他跳舞。我站得近，把浅一举了上去，他站在上面说：“你们可不可以等一下再跳？我想邀请我的公主一起上来。”

然后他走过来蹲下来问我："可以一起跳舞吗，我的小公主？"

说真的，那一刻我的少女心都爆出来了，不知道这个孩子长大之后要迷死多少人。

那年浅一才 9 岁。

七

1 月 13 日是我弟弟的生日。

他 7 岁那年我答应他过生日那天我会买好多好吃的去给他过生日。

后来我记错了时间。

他说："姐姐，我生日那天在窗边坐了一天，你来的时候我就能第一个跑出去接你，可是你没来……"

然后他突然仰起小脸抱住我说："可是没关系，我姐姐现在来了呀！"

后来我再也没记错过弟弟的生日。

弟弟长大后有了手机，每年我生日零点的第一句生日快乐都是他给的。"因为知道别人不记得自己生日的失落，所以不想让姐姐感受到这份失落。"他是这么说的。

今年弟弟 19 岁了，已经上交给国家。

两年后退伍回来。

亦师亦友

以前原以为不工作、不付出就是浪费青春，可在这匆忙流逝的时间里才发现，社会的牢笼滋养着我，使我成长，但也毫不留情地吞噬着我。

但也无妨。

老易是喜欢把工作经验分享给我的人，所以我称他为老师。我们今天有过两次交谈。

清晨乘着高铁，老易坐在我旁边听着舒缓的音乐给我讲解流程，我却在他极具磁性的嗓音中睡着了，他没有叫醒我，他知道，我太累了。

刚进会场很冷，我在沙发上席卷而坐，老易把西装搭在我的腿上，我觉得暖了不少，他说，我觉得你应该穿长裙，这样显得很知性。

老易是一个很受人尊敬的人，任何方面的问题你都可以问他，小到花鸟鱼虫，大到四书五经，他都懂，换句话说，你开启的任何话题他都不会让你冷场，任何人都可以在和他的交流中学到不少知识。他给我讲过不少道理，什么屁股决定思维呀，什么饭是一口一口地吃呀，感情和工作就算放下也急不得呀，诸如此类，很长一段时间里，我只听得进他的话。

山楂，就是他送给我的。那时我说，您懂隼吗，他大概说了好几个品种，一一说出它们的特征和特性、生活的区域，最后问我，你想养吗，我说是。之后第三天老易带着笼子出现在我面前，那家伙极其凶猛，差点把我的肉撕开，我忘记了是什么品种，只记得易老师说，这是最好的品种，以前京城的公子哥都养这种，我说我要雏鸟，这只大概一岁了，不好驯养。于是，第二次，山楂被带到我的面前，才三四个月大，红隼，像只胆小而怯懦的“娘炮”一样地看着我，小小的，却一直看着我，让我想起一个人。我要了那只隼，取名山楂。半年后，山楂已非常凶猛，一直需要牛肉喂养，有时我想，我把山楂驯养得这么凶猛有何用呢?

我想起一句话，第二想做是据为己有，第一想做是给你自由，我问山楂，你想离开这儿吗，它很认真地看着我，瞳孔要放大到眼睛外面。

祖上训过：秋天熬的鹰，次年春天必须放归。大自然的恩赐，不能一直占为己有。

有些事情也是，再怎么喜欢，也不要想着完全把它变成自己的，它的那些本性，还是要让它保持，改太多，失去自我太多，会很累的，双方都会很累的。

后来春天去山上，我很庄重地放飞了山楂，甚至怀揣了沉重的心情，我像电视剧里一样地说着，走吧宝贝，走得越远越好。

对于老易转行我有点失落，他接手了一家自助餐厅，为了表示我的不满，我狠狠地吃了一顿他家的自助餐。到店正好三点，店里鲜少顾客，不多时已散落走净了，和一家自助餐厅老板吃饭的好处就在于，所有饭食糕点皆是后厨现做，没有的菜任你点。老易一边给我烤着秘制梅肉一边和我聊家常，这是我们第一次长时间交流，整个店灯光暗了，只有我们头顶上亮着灯，幽幽的灯光使我放松下来。

从喜欢的城市到三国、三十六计，再到儿时的事、成年的觉悟。

老易说有一款车女性开再合适不过了，我听了他对那车的描述后，说我小时候喜欢和哥哥抢着蹬三轮车结束了这个话题。

老易聊到三十六计，那种每个人都知道但是不会运用的三十六计，他说了一句话我很认同，他说三十六计最终计是走为上策，这就奠定了中华五千年的文化，知道是什么吗，我将之概括为“逃避”，他却说：“不，是舍得。”

他说没发现我有什么怕的东西，也没发现我有什么喜欢的东西。我说小时候怕鸡，怕带尖喙的东西，所以才养隼，现在已经不再害怕了，聊到小时候捅马蜂窝，抓草蛇，从树上掉下来，摔到皮开肉绽，医生包扎问我为什么不喊疼的事，聊喜怒哀乐为什么我都不表现出来。

聊到父母，他带着抱歉的表情与我聊着一些东西，我说没关系，脸上看不出难过，如果我作为父母，会成为孩子追求更适合自己生活方式的阻碍，那我就活得太失败了，既是至亲，我总要让他们在我这里得到支持，活得开心点。

我的一些观点老易甚是赞同，他说："有很多我也是到这个年纪才懂得，如果我是你这个年纪，我一定非常仰慕你，可现在，我觉得你有点可怕了。原以为你是什么都不懂才不说，原来你是什么都知道，别用那种好像你什么都知道的眼神看着我。"

我故意坏笑着看着他："你干吗只给我拿水果，不多拿点肉啊，成本高？舍不得呀？"

老易吃得开心，喝了些许酒，讲了年少失意时的人，有句话不是愁绪饮酒更醉吗，反正醒也无聊，醉也无聊，不如就这样不管他，让他自己喝下去吧。

我径自回家，路上灯火迷离，这样微睁着眼看世界，我也好像醉了一样，很想就这样做一个痴醉的人，摇摇晃晃走过大街小巷，穿过匆匆人流，一不留神和一个人撞个满怀，我会缠着他听我整段的故事，听到最后他说爱上了我的这些胡言乱语。我摇了摇头，裹了裹身上的衣服，天气越发冷了。

回到家，把外套挂进壁橱，看到之前翻到的纳兰性德的诗：

谁翻乐府凄凉曲，

风也萧萧，雨也萧萧，

瘦尽花灯又一宵。

不知何事萦怀抱，

醒也无聊，醉也无聊，

梦也何曾到谢桥。

我做过一件事

我做过一件事。

你见过穷人吗，尤其是穷人家的老人。每每看到街边伸向你向你索要的手，钱财也好，食粮也罢，都会忍不住给一些。朋友总是说那些是骗子，我说纵然是骗子也该给些颜面钱吧，你不给我也没拉着你一起给，可我给了，你非要拉着我像你一样不给，再说你没看到我给的都是些天生残疾和没有劳动力的老人吗？你告诉我，这要怎么骗？朋友低头不言。

我去过农村，进过大山。俗话说，往上倒三辈，都是农家人，朴实、善良，我知道我的词穷，没有比这两个词再准确的定义，但相比乡下，大山里的孩子是让你感到酸楚的催泪剂。我给过一个孩子一块口香糖，但是他却不会吃；我给他钱，但是他却没地方花。我在土地上用手指教他写名字，那地上的土真软啊，孩子学会了开心地笑了，那地上的土真糙啊，硌得我鼻子发酸了。我看见他穿着一双好像很大甚至有些不合脚的鞋，我问他："小家伙，你在干什么？"他只是羞怯得不说话，然后我给了他一块口香糖，他很喜欢闻那淡淡的薄荷味，后来他会时不时拿出来闻一闻，我不知道他知不知道那是吃的。我说姐姐饿了，可以去你家吃饭吗。

家里却只有老人，农村家庭多数是这样。城市里如果是这样的情况，孩子是很易被宠坏的，但在这里，孩子在家里充当着青年人的角色，老人也要做年轻人做的事，不然一老一幼如何支撑起家庭呢？

天真蓝，水也甜。

我想起电视里播过的一期节目，叫什么我记不得了，是探访乡下和山里那些留守儿童。记者问一个孩子，爸爸呢？孩子说爸爸走了。记者问，爸爸去哪儿了？孩子说爸爸死了。记者问怎么死的？孩子说出车祸死了。记者又问，你想爸爸吗？孩子低着头也不抬起来，记者还是追问，你想爸爸吗？最后直到孩子带着哭腔说着"想"，她才闭上"关心"的嘴。

我当时就想这真是一个残忍的职业，采访之前定是了解情况的，一个孩子，为什么要让他一而再、再而三地揭着伤疤说，我爸爸死了，我很想他，我再也没有爸爸了。对，我再也没有爸爸了。因为他死了。

我看着眼前的孩子，什么都没问过，我说过来，姐姐教你写字，他说他会写，我说姐姐看看你会写什么字，我以为他要写自己的名字，可他歪歪扭扭地写了“妈妈”两个字，你说我鼻子能不发酸吗？我说姐姐再多教你写几个字。后来孩子用玉米粒在桌上摆出他的名字对爷爷说，你看这是我的名字。孩子那时还小，我不知道我走以后他是否还能准确地记得那几个字。那种简单、淳朴散发出来的感觉会像迷药一样迫使你想要把所有能给的都给他们，我很恶俗地掏了钱，只有200块钱，我和老人说在外面吃一顿饭是这个价钱的，吃过饭不给钱是很不礼貌的，不能坏了规矩。我把包里的一些东西分给孩子，然后我就走了。不能有太多的不舍，毕竟不是我亏欠了他们，也毕竟，那孩子微微粗糙的脸，每每抬头看着我的时候我就开始莫名地心酸，身后的山里还有很多这样的孩子，我没能留给他什么，甚至也记不起他那乡土气息的名字。

我想起一本书里的话：“我知道这个世界，是那些粗暴强壮而冷酷的人的。他们崇尚无情，以为这样就可以让他们减少痛苦。但是当我审视自己的内心，发现在深深的地方，温柔还在，我还可以用自己温柔的方式，对待这个世界，那是很好的一件事情。好得就像，在尘埃里静静绽放的一朵花一样。”

我回到我的城市，看着西装革履的人们，看着匆忙的车流，还有高耸的大楼，突然地想笑了，因为我发现当我站在路上，抬起头，竟然看不到整片的天，视野里的边边角角都是可笑的水泥建筑物，因为我发现当我站在路上，一眼望见的绿色却怎么也融不进这个城市。我掏出电话想告诉朋友我回来了，却看见孩子给我的礼物，那是被绳子穿起的一枚纽扣，那是他的玩具。我把那枚旧扣子挂在脖子上。

哦，对了，我还没说我做了什么事，当时我看着孩子的脸，在地上写下“自坚”，我说这是姐姐送给你的名字。

我愿你知道

晚上回家的路上收到短信。

我低头看手机，我哥左右看车，像揪着个小鸡一样揪着我后脖领子过马路。

远处上空炸起新年的烟花。

突然想起从前。

那时有人隔着几个城市跑来给我放烟花，他张牙舞爪地点燃，我站在旁边仰着头看花火炸开的一瞬间，燃尽的弹药渣子劈头盖脸地往下掉，砸我满脸。

我拍打着新衣服："哎呀！大年三十你怎么不回家？"

他捡了很多路边的小鞭炮，挨个掰开把弹药捻出来堆成一小堆儿，点燃，又是一瞬间闪亮。

他嘴里嘟囔：“我这不是想给你看烟花吗……”

小时候一家买烟花，叫全胡同的人出来看，他家放得最多，因为他爸是卖炮的。

我从小爱吃他爸做的饭，到饭点总赖人家不走，自己拿碗拿筷子，特别自觉，他给我夹满满的菜，他爸说，以后就嫁到我们家来吧，离着近，从你家走路半分钟就到了。

后来他爸改做茶叶生意，带他搬到南方，我坐火箭半分钟都到不了的地方。我奶奶骗我说我吃人家太多米了，吃怕了，导致我后来很长一段时间去别人家吃饭都装模作样地格外收敛。

这都是小时候的事了。

长大了，人都懒，别说烟花了，嫦娥下凡都不稀罕出去看，太冷了，冻得脑浆子疼。

我看他穿得单薄，气不打一处来，这都多少年前的事了？你爸都不卖炮了，我现在也长这么大了，你小时候还爱撒尿和泥呢，现在怎么不和了？

他龇牙咧嘴地问我：“烟花好不好看？”

我让他以后不要再跑过来。

后来每年初三，他晚上都准时给我打一通电话，一年只打这一次。

他不再像以前那样絮絮叨叨连环炮一样说上四五个小时，人一长大，话就冷了，很多应该破口而出的事情都停在嘴边、凝在心里。

避开炮声连天的前几晚，深夜里只剩他的声音。

嚼牛肉干的声音特别清晰，大口喝水的声音也特别清晰。

咕咚！

咕咚！

咕咚！

他说："子望，你长大以后要做什么？"

我说："种树，满山的合欢，开出花来绒绒粉粉的，我妈喜欢，我也喜欢。"

他问："以后你会去很远的地方吗？像我妈一样，到很远的地方，好多年才来看我一次。"

我说不会，我这不是在的吗？

他说骗人，你们家是最早从胡同搬走的。

我说，废话，拆迁都快拆到我家门口了，不搬走等着被活埋呀！

忽然觉得他很幼稚，明明是胡同里最大的孩子，却一直没长大的样子。

但我们都怕生命里突然有人远去，我知道的。

不是说吗，告别，就是死去一点点。

我叹了口气："哪有人会真的陪你一辈子？"

他说："有的，我把她一直记在心里就好了。"

他问："喜欢一个人你会怎么样？"

我说："还不知道，你呢？"

他说："我会把她放在心里。"

我说："那人家永远不知道。"

他说："会知道的。"

那时我还小，哪懂什么真的情爱，爸妈就是情，祖国就是爱，热爱民族热爱党，活在我心中的，只有雷锋和毛主席。

他说："我唱歌给你听。"

好多年的新春，很多个夜晚，我都听着电话那边的呢喃歌声入睡，声线流经我的豆蔻，我的碧玉年华，我的热恋、失恋。

而我至今也不知道那首歌的名字。

我只知道时间久了，声音淡了，记忆里的人最终也会走散的，怎么找都找不到。

后来听人讲，他继承父亲的茶业，在茶山脚下种了两排密密的合欢，每逢夏天开花时，他都要去看好久。

失去联系的七八个年头，我只是突然想到这个人。

前一阵子晚上，我给几个朋友拜年，聊聊近况。
有个朋友说打字累，电话吧。
我说行。

这个朋友年长我好多岁，行过的山水比我脸上的汗毛孔还要多，我们之前浅浅之交，但不知道那天晚上话怎么那么多，什么都聊。

聊到感情的大喜大悲，死去活来，轰轰烈烈。
他说你老嫉妒人家谈恋爱死去活来干什么？
怎么非得死去活来？

那些相望一眼、触及灵魂的短暂就不是爱了？

那些在你身边默默陪伴多年的不打扰就不是爱了？

聊到西藏的神湖——拉姆拉错，

那个心净之人便可看到前世今生的地方。

聊到我们爱听的歌，他是个民谣歌手，开心起来哼唱几句，在不见炮声的深夜里格外诱人，我想到很多年前耳边的轻声哼吟，潦潦草草地哼出几个模糊的音节，问他如果知道这首歌，能不能唱几句来听听。

他说，你这是点歌，要花钱的。

划了半天价，最终以三块七的价格听完了整曲，我也第一次听懂了歌词，在这个深夜里以泪湿衫。

“现在什么都不想有回报

……

我愿你知道

风请替我代劳

眼泪向着冷风扫

挥洒满我路途

……

我愿你知道

风请替我代劳”

凌晨 3 点，他一边吃着牛肉干一边问我，你为什么和我聊这么久？

我说没为什么。

耳边，他嚼牛肉干的声音特别清晰，大口喝水的声音也特别清晰。

咕咚！

咕咚！

咕咚！

“我愿你知道，风请替我代劳。”

爱不一定是每次亲吻都想纠缠在一起，

不一定是死去活来，大喜大悲，轰轰烈烈。

有一种爱是一颗澄明的心，

是抑制不住思念的时候，

千山万水跑过去，

放一刹那的烟火给你看。

现在，我都知道了。

Let Us Fall in Love

写这世上

最动情的情话给你，好吗

我还在浪费云

我不看

它们就过了

我还在浪费你

不好好相爱

时间就毫无意义了

我想让你和我一起怀疑世界

怀疑水痕斑驳

怀疑黄昏日落

怀疑为什么人有生死

怀疑为什么叶会枯落

怀疑我们两个

为什么总是错过

/

想回到过去去找你

可被一棵树拦下了

枝丫满白花

你在泥土下

/

黄昏成河 —— 云成墨 —— 你的眉眼 —— 成佛呈婀娜

我是最了解你的

包括你疯狂逃离我的眼神

包括你嘴巴撒谎时的慌张

没关系

我躺在你胸膛上

装作不懂你

日子过了

有的人更好

有的人却更加低迷了

我只是在你嘴角捡过一个吻

收藏过你的眼神

却再也走不出来了

你总是做让我出乎意料的事情
不顾一切地爱
不顾一切地逃离
我能把你怎样
我不能把你怎样

你的眉头细细小小的

只适合装风月桃花

装不进愁事

你应该找个爱你的男人

用那些细小的浪漫

把你的眉头舒展开

而不是被柴米油盐和糟心事弄乱了眉

因为

你皱眉的样子不好看

每当这样的夜 —— 我就会想你 —— 把最深的绝望

再 复 习 一 遍

我不送你

因为分别才需多送

我相信你会回来

我不送你

后来很多人都会对我说“我想你”

我都格外珍惜

因为我怕他们如我一样

得不到回应

我晃着茶

听你说家乡的山楂

说来年的棉花

说你愿付出的血河

或可斩断的脉搏

我一字一句

听你说你爱我

我听信你多年

却 是 一 派 胡 言

雨和风说再见 —— 琴和弦说再见

灯盏在上

影子在下

我望着你的背影

迟迟不肯说

那句再见

二月是个刻薄的姑娘
它把你的感情冻住了
使你冷冷对我
我问你
你什么时候会活过来呢
你不回答
也不理我
我问你
你发呆的时候会想谁呢
你不回答
也不理我
我想问问八月的太阳
那时的你
可有把我
放在心上

我在永恒里流浪

我在永恒里慌张

有什么东西一去不复返了

可能是那颗

瞬间给了你的心吧

有些感情给出去

就回不来

一层层剥落的

是那些自以为是的

崭新的情种

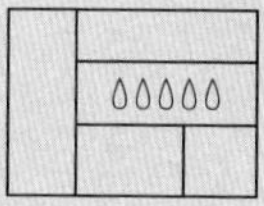

“你说没有水，没有土，它怎么能发芽的呢？”

“什么？”

“你在我心里埋的情种。”

你 —— 真 —— 美

眼睛里有答应我一辈子的事

你不爱我了

它就暗淡了

那些答应我的事

都给别人了 —— ——

这个世界上我能看见却不能靠近的物体

太阳 —— 星空 —— 地平线

—— 和 —— 你 ——

当深秋摆停了露水
当风呼啸着对你耳语
当泥土再一次探出新芽
当我刹然滚烫了脸颊
那都是因为我想你

你酣睡时

我总是用眼睛

一寸一寸抚摸你的肌肤

以便我在最深的夜里

想你

你灵魂里的河蜿蜒而来

你一脚踏入风尘

你声声唤我醒来

月亮升起

深埋的疼痛都散落了

你不讲那一打就碎的天荒地老

你说

别再漂泊了

此时你看我的眼神都是热的

然后我声势浩大地

与你耗尽青春

广州又是雨

夏不夏
秋不秋

夜扑进怀里

月不语
雨不语

目光流眄 窃窃而语

这一次，你说再不回来

如今雷乍起
广州又是雨

眼睛里兜了一个秋天的露水
我要把悲伤全部哭给你听
嘴角盈了整个春天的桃花
我 要 把 心 事 全 部 洒 落 给 你 听

以前我什么都不信

无畏也无惧

后来你出现

于是我相信有魔鬼

也　相　信　有　上　帝

他们说这道菜是咸

那道菜是辣

可我尝不出

因为你不在

什么都是苦的

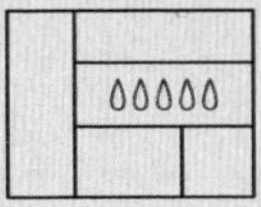

我亲吻你的额头、眼睛、鼻子、嘴巴

你调皮地睁开眼说

“我活过来啦”

殊不知

我从这首诗的第四个字起

就又活了一遍

我 不 写 诗

我 只 写 你

你眉宇间都是多情

你静时是山水

你动时是风沙

我沦陷那幅山水

那山水是你

我迷失那场风沙

那风沙是你

想起树

是它开满梨花繁华的样子

而不是颓败的样子

想起你

是你眼底闪烁着我的样子

而不是负我的样子

你心底有桥

眼里置网

我是冲垮你的河水

也是游极无终的云鲤

夏不夏

云满地

未料秋风捕了鱼

覆了水

卷 —— 我 —— 而 —— 去

如果这世界

所有的久别都重逢

所有的破镜都重圆

就 —— 好 —— 了

你用时间对我打磨

反复不断打磨

大段陈词被打破

哀伤到无话可说

我在这场爱里一掷不起

所以赤脚穿越荆棘

朗读你血液的命题

翻译出的

却是别人的姓名

撒谎多了

连说者都信

怎么这句“不爱你”

却始终骗不了自己

你刺破人们爱的那张皮囊
将紧攥在胸膛的一握肮脏
呈现给我最丑陋的模样

我给你挥霍不尽的注视目光
来填补你的空荡

深埋的这个胸膛
跳动着我全部的往昔未来与汪洋

我踏碎那些曾经用坏的时光
立在你身旁

哪怕最后我颠沛仓皇

哪怕最后
我们都肮脏

容我这一次
悲惨又辉煌

趁月色没腐朽
我用我全部
重织你一副完好皮囊

别再用它灌满哀伤
你知我
来路漫长
……

刚才吃饭时突然想到你

想到我们相爱这件事

觉得很奇妙

忍不住笑

开心到全身打了个寒战

你现在有没有在想我

我很想你

秋天到了

没在秋天相遇

却到处都是你的影子

你那边秋天到了没有

它在说我想你

我很想你

喜欢一个人什么都不要了

尊严不要了

底线不要了

连自己都不要了

这不是爱

这　　是　　魔　　鬼

后来你我都飞得太高
你往北
我向南
眸子里亏欠着彼此以往的光阴
此时的我们
都离爱千里

清晰的

漫长的

渐深的

逃不出来的

无能为力的

想念

我在风里飘飘摇摇的

你从不路过这里

也知道我的心意

你只在远方

听我在风里

在雨里

在不可避免的月色里

浩浩荡荡地说着我爱你

/

游荡在凌晨的人

没有宣泄口

我拖着满身溃败的理由

看空荡荡的街

吞噬掉我最后一声断念的嘶吼

等到两岸所有的霓虹都灭了

等到肝肠寸断的话再也讲不出了

捡起自己的爱恨

目 —— 色 ——

低 —— 垂 ——

想做一只鱼
每天
什么都不做
就吐泡泡
看你的每一眼
反正七秒就会忘记
不至于像现在
一眼就忘不掉

20 岁的那片棉花地好看得肆无忌惮的

你躺在蔽影里

看草木渐深

我的目光一寸一寸嵌入你的肌肤

相爱的那天

天蓝得像预谋了很久

替这个世界做一个浪漫的人
天上云朵聚散
一切都是好的

也不会有人知道那些夜深人静

关掉手机

收起多少感情

我想问你有没有动情

你却岔开话题

讲一夜笑话给我听

然后我想起我所有的曾经

拍炙热的夕阳给你

弹笨拙的曲子送你

代替冷掉的那句想你

心跳雷动

为你

离你远去

—— 为 —— 你 ——

有人把所有走过的路都变成家

有人把所有的路都用来流浪

但爱情是

总有一方甘愿放弃所有

你走到哪里

我就随你浪荡到哪里

朝着喜欢的方向走

就　会　遇　到　你

别让我知道你过得不好

别辜负我成全你好好生活

这个世界上没有绝对的坏人

他内心总有温柔的时刻吧

我再也不打扰你

懂了那句

深情的人才收敛

当我的七情六欲都没有了的时候
愤怒、仇恨、开心、难过、沮丧
这些感觉统统都没有了的时候
却只剩爱你

一开始都不爱得轰轰烈烈
你还指望这细微的感情能撑得长久吗

要把所有的光亮和希望都聚集在这里
陷在这里
胆战心惊在这里
该有的都要有
才是爱情

夏不夏

秋不秋

山不朽

水长流

你说

陪我淋完这场大雨再走吧

我说好

此后的春风秋雨由这一分钟开始计算

JCookie
Follow Your Heart

图书在版编目（CIP）数据

痴心见多了，就喜欢你 / 子望著. — 长沙 : 湖南文艺出版社, 2017.6

ISBN 978-7-5404-8087-5

Ⅰ. ①痴… Ⅱ. ①子… Ⅲ. ①随笔—作品集—中国—当代 Ⅳ. ①I267.1

中国版本图书馆CIP数据核字（2017）第095666号

上架建议：畅销◎青春文学

CHIXIN JIAN DUO LE, JIU XIHUAN NI

痴心见多了，就喜欢你

作　　者：子　望
出 版 人：曾赛丰
责任编辑：薛　健　刘诗哲
监　　制：蔡明菲　邢越超
策划编辑：李彩萍
特约编辑：李乐娟
营销编辑：李　群　张锦涵　姚长杰
特别支持：张　霈　胡莉玫　郑悦薇
鸣　　谢：
摄　　影：金浩森　文　子
封面设计：SilenTide
版式设计：利　锐
出版发行：湖南文艺出版社
（长沙市雨花区东二环一段508号　邮编：410014）
网　　址：www.hnwy.net
印　　刷：北京市雅迪彩色印刷有限公司
经　　销：新华书店
开　　本：880mm×1270mm　1/32
字　　数：180千字
印　　张：9
版　　次：2017年6月第1版
印　　次：2017年6月第1次印刷
书　　号：ISBN 978-7-5404-8087-5
定　　价：39.80元

质量监督电话：010-59096394
团购电话：010-59320018